化城

劉梓潔 著

傾城推薦

演員／王安琪：在旅行彷彿前世記憶的今日，劉梓潔帶我觀了一次落陰。當然這不是一本旅遊書，那喚醒我的，是她在艱難的朝聖途中，寧願活著洗腎也不願撤退的生命力（與幽默）。這一篇篇她走過的，是我在疫情期間感到低迷時，神遊盡興的一座幻化之城。

作家／陳德政：我和劉梓潔不算真的見過面（也許曾在城市一隅錯身而過，但彼此不察），她那本《父後七日》十多年前卻在我床頭放了好長一段時間，我睡前讀，在深夜把書闔上。如此說來，我也當了她許久的讀者。

這本新書，我看她寫旅行、寫生活、寫人情，更有興味的是，看一個跟我差不多年齡的作家，陳述她如何「寫到這裡」。梓潔說，她有易發高山症的體質，而我恰好相反，或許我們身體應對自然的界線並不一致，但我知道，她跟我一樣呼吸過高海拔那種純氧的味道。乾淨、無瑕、靜寂，一如我們理想的人生。

小說家／楊富閔：大疫年代，《化城》這本充滿各種「移動」的書寫，無疑就是梓潔「文學的足跡」。淡定從容，不疾不徐。

作家／蔣亞妮：有許多人都寫過京都西藏清邁與台北，盛大光輝或者鑽街走巷，那些書寫是旅行；劉梓潔筆下的城市與國家，卻是我走過，或者我來了。就像瑜伽與佛經、作家與演員，在她的散文裡不是知識點，而是生活感。她告訴你關於她的日子，都像在眼前，日子也不總是美好如日日住飯店，也有那些搞不定的書寫、工作與愛人，搞不定時就繼續往前，有一天說不定就能脫離火宅三界。即使那美好可能如化城，即生即滅，劉梓潔照樣向前，不管前方是神山或無燈公路，滿城幻化都好，如同她寫，她寫也總如她說：「媽的我不會撤退哦。」

作者、演員／鄧九雲：第一次遇見梓潔時，我們穿了一模一樣的一雙球鞋。

這不是一件大不了的事，但我很確信我們有某種非常接近的特質（雙魚？瑜伽？或是長裙？）

《化城》有《希望你也在這裡》的書寫「路徑」，很像是偷看了小說家隨身攜帶的筆記本。

失眠的人找到夢，混亂的人潔淨，壞掉的人獲得安頓。

文字工作者／謝凱特：寫人際情感，寫時空旅途，人生是永恆遷徙，文字是暫住的化城，階段性的答案。你我都是常世異鄉客，應無所住而生其心。讀《化城》安住其心。

汝等當前進
此是化城耳

——《妙法蓮華經》〈化城喻品〉

目錄

微塵

跋

楔子

以火焚雨

你問我如何在暴雨中點燃火焰？我說用一首愛黛兒的 Set Fire To The Rain 如何呢？

那是很多年前，我住在多雨的石碇頂樓公寓時，用來讓自己快速點燃火苗的方式。但不是在潮濕發霉的家裡聽，那張名為21的專輯CD始終放在國產小車的音響裡，發動汽車，前奏下，引擎伴著鋼琴單音啟動。駕馭山路技巧在於油門輕踩輕放，副歌的高音拔起時，正好是一個彎道，再過一個大彎就會下到鞍部，準備上高速公路。

若心還不夠熱，眼睛和身體都還不夠熱，就按一下倒退鍵，再重播一次，配合全力加速，駛進快車道，進入隧道，保持在最高速限邊緣。

那些年，我人車合一，車子再與音樂合一，如此可以抵禦車窗外的冷雨暴雨，是我點燃自己的方式，用一張21專輯，儘管我那時已過三十一。

有時天未亮就得出發，早起考驗意志力，更需要燃火。上五號國道北上，過了隧道轉三號國道，一直南下到桃園轉進東西向國道二號，從機場下交流道，在和停機坪一般廣大的露天停車場找好車位。我算過，開熟了之後只要四十分鐘。提著行李搭接駁車到機場，下一個目的地可能是熱帶的峇里島，可能是大雪的北海道，五天或兩個禮拜後回來。有時回來時仍冷雨霏霏，每次我都怕小車在曠野風吹雨打這麼長的時間，會不會發不動。但沒有，它總是很配合，汽車發動同時也Set Fire To The Rain。以火焚雨。

我在那些年也開始了瑜伽，還學了一點印度古醫學阿育吠陀的皮毛。老師第一堂課就強調火的重要，火既可以使身體發熱，加強消化，也可以燃去無知，到達真理。我們唱誦真言禮讚火神，歌詞是：請讓我向偉大火焰祈禱，祈求火神賜予我更高的智慧，祈求火神為我帶來光明覺醒。

接著是學習食譜，「不管會不會做菜，」老師說，「起床第一件事就是生火、燒水。」因為這樣才可以讓一天開始產生熱能，我用電熱水壺燒水，看不見火，但按下開關的儀式感，總讓我覺得點著了火。這個習慣一直保留到今天，無論晴雨，只要在家，一起床就先燒水。

老師說我身體太冷，所以最好水果也煮過，那陣子早餐很常吃水煮蘋果加肉桂粉加葡萄乾，連湯一起喝下，其實頗美味，也感覺身體的確暖和許多，但就像我對很多事一樣，熱中一陣子之後便退了燒。

石碇是這樣，在冬天想維持基本生存意志的方式是，一回到家就把暖氣打開，什麼電費啊節源啊，都暫時別想。一個月裡可能有二十九天都在下雨，但偏偏，不下雨的那天，清晨陽光由落地窗灑進，你發現門外那座青山依然守護著你，溪水依然清澈見底，魚兒水中游，午後台灣藍鵲還會來陽台上玩——只要有這麼一天，便會原諒那二十九天的雨，原諒那二十九個雨天裡頽靡的自己。

然而，告別，也是一種在暴雨中點燃火焰的方式，它需要很大很大的動力與熱能，比在寒流冷雨天趕赴早班飛機更壯烈，也需要祈求各方眾神護佑才能實現。我決定搬到一個不會那麼常下雨的地方，賣掉了房子和車子。

搬家那日我在臉書發了一篇短文：

再見，陽台擁吻再見
再見那些上架及移位都讓我哭的兩千本書。噢當然，我會把你們都帶走
再見，那些累到不知道怎麼開車穿越好多條隧道回來的夜晚，再見
那些被灑落溪谷的陽光喚醒而全身得到療癒的清晨
我真的覺得可以和全世界和解，謝謝，再見溪裡閃閃發亮的魚群們
威士忌貓咪也說，蝴蝶、蟬與台灣藍鵲朋友們，再見呦
再見百年手工豆腐和豆漿，再也沒有更好吃的了。再見我知道
再也不會遇到更好的，但我必須走了

鄰居說：賣掉了就買不回來了哦。我說我知道，但我沒有想再回來。朋友說：若這麼感傷，就別搬了吧。我說不是，是我需

要點燃自己，而那恰恰只有告別才能完成。

又好幾年過去了，我不知道我是否成功地以火焚雨。但你知道嗎？在大旱大疫之年回想起這些潮濕的記憶，我反而覺得有點溫暖，它會恆久地，照亮著些什麼吧。

遠行

京都小住

1 出町柳

室友說我們在天界。

他指的是狀態。在應該勤勉刻苦工作的中年（日文的擬態詞為摳茲摳茲，真的很像我每天不斷敲打鍵盤的聲音），在任性的額度已經差不多用完的中年，不知又從何增貸了一些任性，或者說瀟灑本錢，或者說福報，總之，我決定暫停劇本接案工作，到京都讀短期語言學校，從九月底到十二月底，到京都小住三個月。將會看著京都的楓葉由綠轉紅、再到落葉，當街道結滿聖誕燈時，我也剛好結業。

因為中間會歷經紅葉旅遊旺季，夏天即早早搞定住宿。第一個月住出町柳民宅，住宿費飆升的十一月，則搬到鞍馬口的三樓公寓小套房，最後一個月再回來。出町柳，東邊是京大，西邊是鴨川，京阪電車與叡山電鐵的交會點，坐落在比大安區更威的左京區，比天龍國更天龍，那麼是天界無誤。

記得舒哥（舒國治先生）那本帶動京都書寫的經典《門外漢的京都》裡，有一篇專門寫來京都睡覺。但我是相反，我是來京都睡不著，不對，正確地說，是太早醒來，之後便睡不著。第一天有點誇張，三點半，第二天正常一點，六點半，第三天，四點半。早起就會早睡，晚上十點、十一點便電力用盡，進入休眠。

室友說：你這是寺院的作息了。

但我還是有點苦惱。畢竟我那麼愛睡覺。行前在友人臉書上讀到「搭飛機最美好的睡眠時間點是登機後到起飛平穩這一段」，我再同意不過。但還有一種更美好，是登機後睡了一覺醒來發現還在停機坪還沒起飛。為什麼？因為代表還可以睡很久。

抵達隔天還沒開學，搭電車去了一乘寺。惠文社書店正好有個小小的攝影展，有組照片拍印度虔誠朝拜的當地人，攝影師為照片寫的小詩，有一句：睡著就是死去，醒過來就是出生（眠ったら死んで／目覚めたら生まれる）。想到有次瑜伽上師回答關於前世今生的問題時，也這麼說了：昨日是前世，今天是今生，明天是來世。

那麼，或許來到京都便自然地早起，是因為我迫不及待，想要趕快重新出生一次吧。儘管拿的是觀光簽證，但仍可暫時重新出生，當一個短期滯在的左京區居民。

從出町柳沿今出川通騎腳踏車約十分鐘，便可抵達在京都御苑旁的語言學校。我在臉書京都留學生二手物品社團上，跟一位在京都造形藝術大學讀研究所的台灣女孩租了三個月的腳踏車，私訊聯繫好，約在出町柳站外、川端通上的全家便利商店交車。每天從住處的巷子騎出來，會先經過賀茂大橋，橋下就是烏龜跳石鴨川三角洲，接著經過同志社大學的紅磚建築與樹籬，這都是當觀光客時必訪之地，現在成了通學之路，第一天很興奮，第二天很幸福，第三天以後，就是日常了。

早起、做早餐、讀書工作寫作業、做午餐、吃午餐，然後出門去上學。雖然只是短短十週的短期課程，我因為太久沒上學了還是很興奮。學校的課在每天下午一點到五點，下課後回家一邊吃晚餐一邊看電視補聽力。

出町柳日常，便在超市。出町商店街的野菜攤與便當店、東一條通的 Life、河原町今出川的 Fresco。採買亦單純：大根（蘿蔔）、高麗菜、番茄、九條蔥、豆皮、油豆腐、絹豆腐、木棉豆腐，晚餐大多是兩人共吃一個超市便當，一兩樣漬物小菜或玉子燒，加一鍋上述食材煮成的湯。

時序入冬，天黑得早，京都只要沒了陽光就瞬間結凍，常常五點一下課就又冷又餓，便傳簡訊給室友：「蕎麥麵店見。」名曰「田舍亭」的質樸麵店，就在橋邊，在台灣看到碳水化合物如看到炸彈，到了京都吃一大碗豆皮蕎麥麵加一小碗牛蒡炊飯變成家常便飯，還要撒很多山椒七味粉。

商店街口的雙葉豆大福總是大排長龍，我們也排過幾次，好不容易排到，失心瘋買了好幾個口味，但大福隔夜就變硬，於是創下一夜每人三、四顆大福的碳水破表紀錄。隔壁的 La Pan 生吐司只售一味，柔軟綿密又絲絲相連，標榜不用刀切，手撕才是王道（回台灣後生吐司爆紅爆貴，恨當時沒多吃）。

學生圈最愛的串燒連鎖居酒屋「鳥貴族」，出町柳車站旁也有一家，從小菜、串燒、啤酒到雜炊鹹粥，每樣均一價二九八日圓，不禁菸，出來總一身炭燒加煙燻味，總是客滿，時有大學生慶功聚餐歡呼吆喝。這頭如此青春喧鬧，僅相隔幾米，斜對面的柳月堂名曲喫茶則是極度寧靜，除了古典音樂沒有別的聲響，能做之事只有讀書與沉思。只要走出出町柳車站就可以看到柳月堂的黃色招牌，但前幾次來京都總是無緣造訪，這次是作家好友張經宏特別推薦，他說曾細細研究每組喇叭，尋覓音樂從哪裡發出，最後發現是從心裡。再隔壁的Maaya印度料理的現烤饢餅（Naan）大如羽毛球拍，還可以跟印度人練習日文會話；今出川通鴨町拉麵親切夫妻二人經營，天冷時來一碗，濃郁雞湯直比驥園砂鍋雞湯……這些都算是我的出町柳私房名單。

但若真要說，最喜歡出町柳的「什麼」？我想是，夜晚從繁華明亮的河原町商業區（我們稱「進城」）離開，走過三條大橋到三條站，搭京阪本線潛入京都地底，列車上安靜無聲，大多是穿著西裝提著公事包閉目養神的大阪通勤上班族。這條路線與鴨川平行，在隧道中沿川上溯，剛剛在地面的餐廳、藥妝店招牌、遊客、醉漢、街頭歌手全隨著列車前進被吸進另一重時空，消失在氣流中。

直達車約莫三分鐘便抵終點出町柳。

迎面而來的只有寂靜。從凡塵回到天界，只要三分鐘，日幣二二〇円。

2 百萬遍

從出町柳住處穿過彎拐小巷往東，便可出到京都大學外面的百萬遍。以前旅行時來過許多遍，這次才認真地查了地名由來。一三三一年，京都境內傳染病猖獗，死了許多人，醍醐天皇到寺廟裡祈求無病息災，知恩寺的住持円空上人發起七日七夜持續不斷念佛號的法事，果然平息了疫災。天皇問上人：七天內念了幾遍呢？答：百萬遍。於是天皇賜與「百萬遍知恩寺」的名號，久而久之這附近便被通稱為「百萬遍」。

百萬遍十字路口的四個角，分別是：知恩寺、京都大學、大國藥妝店和 7-11。

抵達京都的第一晚，就先到藥妝店補齊所有生活洗漱用品，順便到附近覓食。在 Google Maps 做了功課，知道附近有許多給大學生吃的平價食堂。有炸物豐富的 Hi-lite 食堂、進進堂京大北門店、轉角的串八居酒屋……「好像師大。」我下了結論，住在大學周邊，儘管每天只上四小時課，自然回到學生般的生活。

學生食堂在日語簡稱「學食」，京大校本部的學食，也變成我們常去的食堂。拿著托盤，點好飯和湯，再沿取餐動線，拿取醬油浸茄子、涼拌藕片、柴魚芝麻菠菜、白菜煮油豆腐等裝在小缽小碟的日式小菜，最後有個自助沙拉吧，秤重計價，用餐區還有免費熱綠茶。雖周圍都是邊吃飯邊討論小組報告的大學生，但沒人投以異樣眼光，我們也越來越自在。

算起來，其實我們去最多次的，是 7-11 旁邊的一家北海道拉麵店，因為味噌野菜拉麵上面蓋著滿滿的現炒高麗菜豆芽黑木耳紅蘿蔔，而擔擔麵吃起來又像極了台灣的麻醬麵，不知為何北海道口味這麼台，果然還是家鄉味耐吃。有次過了晚餐時間才去吃，一位像是教授的白髮紳士走進來，一手捧理科書籍一手持筷子吃麵，目光從頭到尾只留在書上，不太在乎吃進了什麼，吃飽就走。還要回研究室工作吧？雖暗自為這位教授感到苦命，但又打從心裡羨慕起那樣為學問賣命的專一與純粹。

以前每次來京都，都會為了各地市集的時間特別安排行程：知恩寺十五日、東寺二十一日、北野天滿宮二十五日。來百萬遍也都是為了知恩寺市集，曾經瘋狂地瞎買一通：手織圍巾、手縫杯墊、手染帆布包，然後再背著很重的戰利品去鴨川跳石頭。覺得那樣才叫旅行。那也算是某一種京都熱的症狀吧，發出來就好了，發過就好了。這三個月會經過三次十五日，天氣晴好，知恩寺就在巷口，去了嗎？一次都沒有。

這次在百萬遍發現的驚奇角落，是7-11的室內用餐座位區，竟是我最喜歡的一蘭拉麵style，一人面壁、兩側隔板，根本就是閉關用的（那時並未有新冠肺炎，隔板真是超前部署）。如果可以在這邊心無旁騖地，將一樣東西，單純地、專注地、不間斷地操持百萬遍，例如我每次記每次忘的日文自動詞他動詞，應該就牢牢地種在心裡了吧。

3 鞍馬口

住在鞍馬口的一個月，學會了野餐，認了個哥哥。

京都地鐵僅兩線：東西線與貫穿南北的烏丸線。鞍馬口也跟出町柳一樣，是個寧靜的住宅區，不同的是多了地鐵站，可直通烏丸四條與京都車站。但大概是習慣僻靜區域了，並不常進城。附近幾家小餐館也比商業區店家有特色許多：公寓樓下的「坂本麵屋」，堅持使用從東京淺草開化樓送來的麵條，店主與店面一如麵湯般清麗，僅六個座位，時時客滿，卻無逼迫擁擠之感；斜對面的「京香園」讓我們愛上日式中華料理：辣炒蝦仁、回鍋肉、麻婆豆腐、天津飯，比許多地方的中華街都好吃許多，嘴巴同時負責說話與進食的功能，說日文說得很累的時候，就會想吃中國菜，順便和中國留學生店員說說中文。

週末便帶了大創百元商店買的野餐墊，買了便當、零食、平價紅酒到鴨川邊度過一日。鞍馬口這側的加茂川兩側植物顏色豐富，若一直往上游走，可以到植物園。這兒也是賞櫻勝地，看過滿樹櫻粉整排綻放噴發的照片，此時是深秋，薑黃草坡襯著零星柿紅色的葉，反倒像很會穿搭配色的優雅中年婦人，有種侘寂風雅。

上學的日子節奏相同，不同的是通學景觀，京都盆地北高南低，去程沿著烏丸通一路往下滑，沿途經過同志社大學，回程則是上坡，得費點腿勁，但正可趁慢慢移動觀察沿路店家。我就是在傍晚放學回家路上發現「哥哥的店」。

烏丸通巷子裡的隱密居酒屋，天黑時老闆會把印著惠比壽Logo的移動式招牌燈擺到路口。一人小店，我們在外張望時，老闆竟從另一頭過來，第一句話問我：「日本語、撇拉撇拉？」

撇拉撇拉意思是流利通達，我已在學校學會謙虛的京都式應對：「不敢說有多流利啦，但日常對話應該是沒問題的。」口試通過，老闆領我們到吧台就坐，送上兩碟細緻的三品前菜，有佃煮喜相逢、咖哩炒豆渣、溏心蛋，而不是毛豆和漬物那類現成常見的菜餚。這時他才說，一人小店重視的是韻律，他已有自己的節奏，如果語言不通會很卡，他整個人就運作不起來。一邊閒話家常，一邊在煎台烤台上工作，轉身開冰箱，上酒上菜，配上人生小語和笑聲，一鏡到底，流暢協調，整間店形成獨特的氣場。

我們點了烤魚、烤雞腿，都美味極了。不知怎地聊起年紀，比較之後他年紀最大，便自稱哥哥。哥哥問你們，最理想的人生，快樂跟痛苦的比例應該各占多少？

我說我當然要百分之百的快樂啊！他搖搖頭，「我覺得最完美的人生是百分之八十的快樂，加上百分之二十的痛苦，都是快樂也沒意思。」他自己並沒喝酒，但說起話來有種讓人陶醉的醺然，「我現在大概只做到百分之五十快樂、百分之五十的痛苦，還在努力。」

開店人太多也痛苦，沒客人也痛苦。有人來很快樂，沒人來有時也很愜意，就這樣各占一半地開了二十年。他說這些話的時候臉上還是笑的，感受不到什麼苦。今晚就我們兩個客人，比起居酒屋，更像沉浸式劇場，離開時無限滿足，終於找到一家好玩的店了呢！

我們以為會變成常去的店，沒想到停留期間就只去過這麼一次。而至少我很確信，那夜我感受到百分之百的快樂。

4 觀光客

記得《聯合文學》雜誌做過一期「京都專題」，那時總編輯王聰威說了一句名言：去過十次以上，才叫去過京都。

出發前算了一下，從二〇〇五年第一次到現在，這次是第十二次。好像很不可思議，但其實還有很多著名的觀光勝地沒去過，例如伏見稻荷大社。因為一旦熟悉了，去的反而都是那些一去再去的地方，例如：三條大橋、四條河原町。而這幾年秋天為瑜伽進修而來時，更是只待在二條站到北野天滿宮一帶。至於有一陣很迷的京都老咖啡館，也不太去了，自帶濾杯濾紙買當地烘焙的咖啡豆，會便宜很多。

嵐山，二〇一二年帶媽媽去過之後，就沒再去了。十月某週末趁颱風來之前，搭嵐電去小遊了一下，天候不佳，遊客密密麻麻，也沒什麼想吃想買，唯獨去排了著名的％咖啡，排隊的清一色是台灣人，部落客的威力真強。

最後搭小火車到龜岡，雖只剩站票，雖仍是滿滿的台灣旅遊團，做為觀光，保津峽沿途的風光還是很值回票價。換乘ＪＲ，再換地下鐵，從市役所出站，回到三條木屋町，身處居酒屋餐廳林立的繁華街，室友卻有感而發地說：終於清靜了。

另一次出遊，是利用連假去了京都近郊的大山崎山莊美術館，主要是去看東山魁夷特展，順便參觀這座優雅的私人豪邸美術館，結果意外的收穫是旁邊的山崎威士忌酒廠。

這次展出的東山魁夷作品以歐遊速寫為主，從他留德的年輕時代，到後來的一再重遊。我一直喜歡他畫作中寧靜卻充滿力量的意境，而藉由這次參觀才知道，他把自己的作品分成三類：速寫、習作與本製作（日本一般通稱為「本畫」，本製作是東山自己慣用的名稱）。

速寫是旅中即興快筆畫下，經由精細的構圖上色成為習作，本製作則是因應展覽需要、花更長時間完成的大幅作品，言下之意本製作是不輕易出手的。但畢竟是大師，速寫絕非草率之作，有些已覺得是絕品的作品，大師自己僅定位為「習作」。

其實，不只是畫作吧，文學、劇本、電影……也是。想到偶爾當評審要寫評語時，總把完成度不那麼高的作品評為「僅能說是習作」，事實上，自己有多少作品也不過是習作呢？而心中的本製作又在什麼樣的高度呢？

這可以想一輩子。

我不會畫圖，但京都小住三個月的許多畫面就像速寫一樣，以隨興快意的線條停留在記憶裡。

在京都度過了三十九歲的生日。那天下課後，去京都車站附近的鐵板居酒屋吃了大阪燒，美乃滋、醬汁與柴魚把這麵團妝點成畫，我拿小鏟子切著，說：「這就是我的生日蛋糕了！」走出來，京都塔猶如巨大的生日蠟燭，從夜空穿出，發散白色光芒，我對著它許願。

和台灣來的幾位朋友相約：與經宏約在京都御苑的休憩所吃簡餐聊天，又一同賞了紅葉；與導演宋欣穎約在二條通一家菜單很難懂、自己平常不敢進去的老派居酒屋，吃飽再散步到三條木屋町通的小川喝咖啡；與如弟弟般的豐維約在學校附近的名古屋風喫茶店，喝了小熊拉花的抹茶拿鐵……

大疫籠罩全世界約一年後，臉書發起了「波出你手機裡最後一張出國旅遊照」活動，我沒波。但心裡很清楚最後一張照片，就是二〇一九年十二月二十三日，在京都車站拍的。那天我們提早了一些時間到，有充裕時間等待 Haruka 電車，便在車站拍了些照。回想起來，真的是純粹殺時間，沒什麼離愁，也沒什麼依依不捨，因為那時很確信——正如離開時對老師同學、對著鴨川和京都塔說的——

我很快就會再回來。

岡仁波齊轉山紀行

轉山與體力無關，與願力有關。曾轉山回來的朝聖者說道。

轉山能不能成功，跟身體、跟天氣、跟外在入藏證邊防證等等都無關，只跟你想不想有關。只要你想，就一定會成功。

有人在入西藏前就被攔截，入藏函申請不過，有人放棄，有人明年再來。有人經過幾天幾夜車程奔波到了入山前最後一個小城鎮，卻戰不過高原反應，為保命故，只得忍痛在山下等候隊友。

我轉山下來了。

與一隊在成都才認識、卻個個正直善良的拼團散客。我們懷抱著同樣的願力，同樣的念想，所以順利達成了。

但是，對我而言，轉山成功這件事，不是什麼心想事成那麼立即見效而膚淺而已。它是無比的溫柔，純粹、深沉，來自信仰，來自承諾。它也是無上的力量，強悍、堅韌，某種向宇宙宣示了：媽的我不會撤退哦，那種 man，那種 guts。

當然，沒錯，首先是你想。你要。你覺得你可以。

岡仁波齊，或我習慣以英文名稱音譯的凱拉斯山（Mount Kailash），是佛教、印度教、苯教、祇那教信徒心中的神山，轉山一圈能消一生業障。我沒想那麼多，也沒什麼殊勝的機緣，只是單純地，想看祂。或用我的上師的話說：「腳走得比心還快。」

腳走得比心還快的人啊，經常機票買了，人裝進高空，在某個意念到達的地方降落（通常旅費亦是不知何時已乖乖降落在存摺），然後，才開始想：我幹嘛來？我來幹嘛？

你有宗教信仰嗎？常被問到。

沒有宗教，有信仰。我的回答。

你為朝聖膜拜而來嗎？信仰不在任何宗教任何儀式。簡單說，為神而來，而所有的神都是同一個神。

既然如此，為什麼需要那麼多宗教、那麼多神呢？第一次見到上師時我便問。「那些神是給心智辨識用的。真正的神，存在於萬物之中，沒有形體，沒有名姓，不會說話，心智無法認出祂來，因此必須藉由外在容易認同親近的神的形象，去接近祂。」上師回答。

因為自己的因緣或傾向，而有認同投射的神。那麼，哪一尊神容易認同親近呢？對一個寫戀愛小說、情愛劇本的人而言？

第一要帥，第二要有纏綿悱惻的愛情故事。第三，如果故事的場景優美，那更加分了。

剛開始學習瑜伽、接觸印度神話時，我便快速找到了我的男神。Shiva，濕婆。

他五官俊秀，體格健碩，性格剛毅，專情的硬漢。與第一任妻子薩蒂情比金堅，岳父卻看他不順眼，邀請眾神來參加自己的生日宴，獨不邀請女婿，這不是羞辱是什麼。薩蒂知道了，怒不可抑，在宴會上當眾跳入火堆自焚來表達自己的憤怒，並捍衛丈夫的尊嚴（他是一個可以讓我跳火的真男人啊）。濕婆聞訊前來，悲慟至極，哀莫大於心死，隱遁進雪山苦修，心如止水，一坐三千年。這座雪山，便是岡仁波齊。山形剛硬如金字塔，終年在雲霧之中，心誠有福報之人才得以一窺山頂。

還沒完。薩蒂投胎轉世，一樣是個美女，名叫帕瓦蒂。她來到雪山，想要接近一動也不動的濕婆，但濕婆果然不為所動，說他只獨愛薩蒂一人。這世界上最遙遠的距離是我來到你面前你卻認不出我。怎麼辦？

愛神見帕瓦蒂可憐悲傷，便自獻一技，對濕婆射出愛之箭，濕婆果然馬上進入愛情的奇妙夢幻醉人美好，認出帕瓦蒂就是薩蒂，兩人終於歡愛。

但故事發展沒這麼順利，恩愛好一陣之後，濕婆發現是愛神的把戲，便將帕瓦蒂一把推開！又回到對雪山冥思的獨行苦修者。帕瓦蒂想，沒關係，既然如此，那麼我就安靜地、不打擾地陪在你身邊吧。帕瓦蒂也坐了下來，不語不動，沉思冥想，又是三千年。

故事的結局是，濕婆終於被這與他一樣剛硬痴狂的女神打動，兩人結成連理，生生世世不分離。生下兒子象神甘納許（為什麼兩個人會生下一頭大象？不管，這是另一個故事），一家三口長年和樂在岡仁波齊生活與修行，因此岡仁波齊亦被稱作濕婆天堂。

當然，既是神話故事，便是世世代代流傳與演繹（如我剛剛也又以自己的語言重述一次），沒有絕對正確或真實。不變的是，濕婆是苦修者的象徵，也是毀滅之神，當世界傾斜崩塌，他便發功，不惜毀壞重建，因而被認為充滿至尊無上的力量。

這幾年，當我要完成眼前明顯超出我個人力氣能完成的工作時，例如多次搬家把兩大面牆的書下架裝箱到新家再拆箱上架，或是車子拋錨在高速公路孤獨等待拖吊車（是的，毀壞重來），便在心裡吶喊：Shiva！Help me！濕婆神，幫我！果然每次都順利過關。

我經常對濕婆神冥想，觀想祂在雪山前的苦修形象。祂巨大、穩定、安靜，而我剛坐定時頭腦中的紊亂思緒就如一個過動小孩，圍繞著祂蹦蹦跳跳，但祂毫不受影響，直到我自己跳到累了，便安安分分在祂身邊坐下，融入祂的巨大與靜定，如一個聽話的弟子，或小孩，或妻子。

因此，幹嘛來？來幹嘛？簡單說，為神而來。精準地說，為接近濕婆而來。

我沒有宗教，但我是帶著信仰來的。所有的神是一個神，心智不認得，因此需要形體與故事，而我需要好man的濕婆神，需要廢話不說的情義馬子帕瓦蒂，需要終年冰雪不融的絕美秘境神山。只因我不認得神，而心智需要攀附這些美好壯麗的故事，因此我來了。

媽的我不會撤退哦。

旅行種種源於感官，源於眼耳鼻舌身意與周遭一切的接觸碰撞感知，大至寺廟小至塵土，從喇嘛到乞丐，從四星高級酒店到骯髒生蛆的無門廁所，每天十個小時的長途車與泥土路（顛簸搖晃起來頭頂直可撞車頂），川菜的麻辣油鹹，藏民的酸奶與糌粑，山上帳篷熱辣的康師傅方便麵配名曰「尖叫」的運動飲料。高原反應帶來的頭痛欲裂，奮力大口吸氣卻像被掐住鼻子，想多爬升一步大腿卻發抖沒力，山口的風強勁到足以把嘴唇颳紫。第二天開始夜晚會流鼻血，一直到最後一天。

沒拉肚子都算好。

有睡著都算好。

因此，其實全程我都算好。唯一徹夜未眠的一夜，是隔天將離開拉薩那晚，下午喝多了甜茶，已覺全身累得像一床陳舊的老棉被，又重又累，卻怎樣都無法成眠。只能隔天在往日喀則的車上補眠，只能這樣。

珠峰基地營那夜，睡在海拔五二〇〇米的犛牛帳篷，氣管如有火在燒，醒來後腦中仍堵著一袋彈珠，下山時車子一震就像在彈珠台般在腦血管中彈跳遊竄，全隊隊員好心貢獻了各種頭痛藥，我一一吞了，先別管西藥傷身那套了，現在得先活下來將來才有機會洗腎。然而，疼痛一點都沒減輕，我已快要不知如何與它共處。傍晚，車子到了當天的下榻處，薩嘎，進房後上了廁所便不藥而癒，恍若重生。原來我只是肚子裡堵著一袋大便。

在西藏是眼睛上天堂，身體下地獄。拼團旅行社的網頁說道。我當時讀著失笑，心想你才下地獄啦。我不是來挑戰極限或開發感官，不是來絕處逢生或自虐後覺得自己好棒棒。我希望它（身體）好，它好我就好。

「旅行不是心理治療。它帶給我們的只是改變的假象，以及習慣把吃苦當作吃補。」英國旅行文學家施伯龍在他的轉山紀行《走進西藏聖山》裡說。

藏族嚮導說轉一次山會脫一層皮。曬傷凍傷腳起水泡，這些肉身上的脫皮，以及心智上的撥雲見日。業報歸零，脫胎換骨。

第八天，終於來到轉山前最後一個城鎮，塔欽。

傍晚抵達瑪旁雍措，藏語的「措」指的是湖，瑪旁雍措則是「不敗的湖」。慣稱的神山聖湖，神山是岡仁波齊，聖湖就是瑪旁雍措。繞湖一圈，亦是朝聖的方式之一，但我們把重頭戲留在隔天的轉山，轉湖，就搭觀光巴士吧。

到湖邊等車，久候不至，嚮導打電話詢問，才知道由於連日大雨，對岸的湖邊道路積水了，巴士開不了，轉湖失敗。而湖邊神山坐落的位置，則是一片白靄雲霧，我們連一眼都還沒看到。

遠處湖畔雪山下印度人搭了帳篷，轉山前一夜就不讓自己太安逸舒適，我們不是吃苦團，也不是享樂團，比較像隨遇而安團。每個團員開放柔軟地接受來到面前的一切，轉湖不成，我們在湖邊圍坐下來，在嚮導誦經中，開始冥想。

畢竟它是不敗的湖啊，怎能隨隨便便讓人挑戰成功呢？成功是什麼？失敗是什麼？意志力贏過疲累的身體，隨遇知足贏過攀附頑強的舊習。

日本攝影家藤原新也年輕時去印度，是為了敗給自己。我自知好強，沒那麼容易承認或接受失敗兩字，於是總盼望有那位比自己更強大的存在出現，讓我乖乖地不張揚地被收服，心甘情願。如眼前這座寬大純淨湛藍的湖。我願臣服您足下，融入您的神聖純粹透明。

夜間八點，陽光仍明亮溫暖，天空清澈，連日大雨是什麼呢？十點鐘抵達塔欽晚餐，天一黑，暴雨忽至，西藏阿里地區夏日的典型氣候，行前旅行社說下雨都在晚上，不會影響白天行程，但當地人說這幾天山上連白天都下，檢查哨警員說山上路非常泥濘難走，嚮導要我們重新再慎重考慮一次，是否每個人都決定還是轉山？

都來到這裡了，當然不能放棄啊。啊，保命要緊，雖然現在海拔四千六都是小菜一盤，但轉山最高要到五千六，除了每隔七公里出現的帳篷茶屋，全程五十六公里都無遮蔽啊。不知是不是剛剛在聖湖邊突然把自己變得太渺小微薄，我竟脫口而出：「不能轉山也可以，只要可以在一個視野好的地方靜靜看著祂就好了。」

我對「轉完一圈」沒有執念，但就是想看祂一眼。

已經來過西藏三次的隊員 L，這次好不容易種種條件齊備，如果不能轉山，她將不甘心。她略略激動地說：「只是看著祂就好了，我不可能這樣就好了。」

一群人在餐桌上各自拿著漫遊翻牆的手機，低頭看著未來氣象預報那從早到晚的閃電與暴雨圖示，看著降雨機率百分之八十到一百。

「那個不準，不用看了，明天後天大後天都是晴天。」隊員C悠哉開口。眾人疑惑看向她，Y也附和，「是啊，藍天白雲帶一點陽光，走起來涼爽又不會曬傷。」蛤？這兩個神婆是怎樣？她們都是超樂天超正能量的熟女。看著她們的笑容，我自動把自己調鬆兩格。是啊，如果對天氣的懼怕是唯一考量，那麼，無法決定天氣到底如何時，先把「懼怕」拿掉吧。無論預報如何，無論悲觀或樂觀，明天照常都會來到。我的眉頭鬆了，到有如登山者之家的賓館入住，把登山物品一樣一樣裝進防水袋，做好萬全的準備，做好最壞的打算，但樂觀以對，明天一定是晴天。

我懷著這樣的心情入睡，夜半就被屋頂不絕的雨聲擾醒，心緒紛亂，再也睡不著，起來端坐冥想，祈願一路平安。說也奇怪，我明明是一天需要八小時睡眠的人，到了高海拔地區，睡不深，也睡不長，但白天仍精神飽滿。天一亮，出到公共空間，大家陸續以轉山裝束現身，笑容燦爛。我原以為自己已夠心寬樂觀不怕死，來到這每年有百分之五轉山者喪生的聖地，無名的懼怕仍掩了上來。除我之外的十個隊員身上滿滿的純真良善，以及嚮導的強壯正向光明，如幾束強光，將我心上烏雲移除。轉山還未上路，已先脫一層皮。被脫去的叫做恐懼。

信仰有多純粹，受到的眷顧就有多大。

「一日四季，每天都要有全身濕透的準備。」剛下山的別隊隊員說。好，我不怕。

塔欽到登山口，一條明亮的大道，沿路緩上，眼前開闊舒朗。烏雲已變白雲。

祂聽見了。

然而，既是白雲，岡仁波齊亦繼續隱身雲中。我問神山在哪？嚮導指了一處濃白天際。「那兒。你看不見祂，但祂一直在看著你哦。」

「不公平！我也要看祂！」我嘟嘴笑道。

「已經雨停了，你還要怎樣！」嚮導笑著說。

我還要怎樣？我像被寵壞的貪心小孩，希望神多寵我一點。明明知道神是寵我的，祂已化身成此行無數貴人與堅實力量，但就是不甘心，非得看到本尊不可。

第一天路程二十公里，爬升不多，平緩易行。只要將呼吸與近五千公尺的空氣融為一體，保持心情愉悅，這兩項最難的事都辦到的話，肌耐力與意志力會自動啟動。又一位天使被派遣到我身邊，十七歲的小鮮肉挑夫朋嘉，他叫我姊姊，普通話不特別好，只能基本溝通，我們安靜地走在隊伍前頭。只要我休息稍久，朋嘉便溫柔喊叫：姊姊走囉。這四字如鞭子輕揮，也如讓人安心的咒語，呼吸、愉悅、肌耐力、意志力，我忘掉這些，只要聽到姊姊走囉，就往前走。單純專注。

「你猜我幾歲？」我問朋嘉。

「二十四。」

「太厲害了！猜對了！」

太好了，身邊有個誠實善良的小弟，全程便能製造出滿滿庫存的愉悅。

朋嘉的唯一裝備就是一件雨衣，塞在背包與後背的夾縫。途中不必喝水吃東西，到了茶館喝杯酥油茶吃點糌粑便足夠。全程無雨是不可能，大家理智上都清楚，也做足準備。一旦上路，下雨了，就是穿雨衣，繼續走。一心一意。

一日四季，經歷幾次小雨大雨，雨衣與防風衣穿穿脫脫，突然天色大開，藍天出現了。一位與我們走一起的老挑夫突然朝著上方跪拜，我們抬頭，神山！

巨大堅硬雪白的岡仁波齊出現了！如看過無數次的照片一樣，如金字塔，如宮殿，奇異的造型，穩在我們頭頂上。最頂處

仍罩著一朵大雲，但隨著我們的注視，雲漸漸散去，我可以感受到從未感受過的無限溫柔，自動跪下禮拜，雙手合十低頭，淚如雨下。

我來了，我來了。

心智不知神為何物，感謝您溫柔現身。感謝您包容我這笨蛋，必須大老遠跑來看您，才相信您真實存在。

約莫五分鐘，頭頂便又恢復一片白，如拉上布幕。轉山不是單純繞山一周，它是巨大的劇場，是夢境。我們既是觀眾，也身在其中。

有朋友在天氣穩定的秋季轉山，說全程岡仁波齊都在身邊屹立不搖，想看一轉頭就有。但此刻，我感到我無比幸運。

「我們很幸運。」突然想起所有轉山回來的人都會以這句開場。

接近第一天營地直熱寺時，神山又在暮靄中慈悲地出現。

我興奮哇哇大叫，又笑又淚如瘋婆子。朋嘉在一旁等我發完瘋。

「我真的太高興了！」其實我真正想說的是「狂喜」。
十七歲的朋嘉也許見多了情緒無法控制的朝聖者，全程安靜淡定得很，但此時，他開口了。
「神山也高興。」
「什麼?!你怎麼知道?!」
「感覺。」他以有限但精準的普通話回答。
「為什麼？」
「你來看祂，祂也高興。」
我又一陣哭笑，最後得彎腰，把額頭支在登山杖上，才不會讓神山的慈愛與自己的感動衝擊至跪倒。我能感覺到，神真的很愛很愛我。
到了山屋平靜後，身體的疲累浮現了。而那種完完全全的心安，就像是在夢裡，把手交給神，可以閉著眼睛走。
「來過印度或西藏，然後去兜售它們的神秘根本就是一種詐欺行為。」日本攝影家藤原新也說。

但我不再感覺祂神秘。我知道我日後時常思念祂，如思念愛人、師長與父親。

神山教我的是，儘管每一步都很辛苦，但每一步都踩在神的懷抱裡，祂說：我看著你。我相信祂必不會覺得我莽撞無禮，我相信祂一定懂，因為我對祂的千言萬語澎湃激動，只能化為三個字。

我來了。

小樽重遊日記

Day 1

二〇一六年十月十八日

台中這兩天突然爆熱，一早搭機，涕流不止。以為是過敏，過敏就是一種不理它就自己會好了的東西。然而，上飛機後打噴嚏打到天旋地轉，是感冒了。飛機上有病，跟飛機上有蛇一樣讓人擔憂。面對它，解決它。降落，通關。領到行李後先挖出感冒藥吞了，搭上電車從千歲睡到小樽。過札幌後，看到海，小樽就快到了。重遊有如見舊愛，迷迷糊糊看著窗外的石狩灣白浪拍岸，

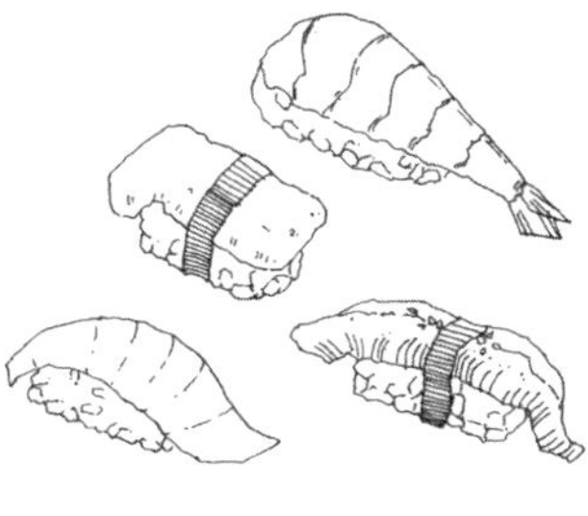

忽浮出這句話。

出了電車，終於真真切切地感受了北海道的空氣了。十度C，並不冷。三年前在蒼茫大雪中抵達，鐵道與列車頂都是白的，月台上站務人員端著托盤遞上紙杯給每一位下車的旅客，杯中熱飲非同小可，不是熱可可或熱薑茶，而是香料熱紅酒！那時我便知道小樽是個與眾不同的城鎮，知道它應該會成為我一再重遊的地方，然而，過了三年多，才又回來。為什麼呢？正如人生其他事情，也都難免有著無從追查原因的延遲。只能說，晚來不代表不愛。

頭兩天的住宿安排在車站對面的商務旅館，快速check in，在房間喝一杯沖泡薑茶，套上羽絨衣，我想，旅行才第一天，保重身體最要緊，也許逛一圈就回來休息吧。完全不用看地圖，出了旅館，過了車站前的中央通，便是小鎮居民生活的重鎮：名為「長崎屋」的商場。地下一樓是生鮮超市，樓上則是衣飾與生活用品，有點像台灣早年的三商百貨。三年前，我在小樽住半個月時，幾乎天天來，像個來日常採買的主婦。

出長崎屋的後門，再穿過小巷，便可到「都商店街」。這兒有老字號咖啡館「光喫茶」，有幾家布藝行與舶來品店，幾家甜點店，再往前，便是色內大街。因為曾經銀行林立，輝煌一時，它被稱為北國的華爾街，也是電影《情書》裡，兩個中山美穗若真似假相遇的地方。上次來時是雪燈祭，燈火通明，人潮洶湧。此時卻像是電影劇組摘去燈光與道具，大批人馬收隊撤退了，非常荒涼。

面對空蕩漆黑的大街，第一直覺是，若是讀者因為讀了我的文章跑到小樽來，我應該會被罵死吧。老倉庫改建的運河食堂裡，昭和氛圍，懷舊一流，拉麵屋、海鮮丼，全部沒開，掛著 close 的牌子，僅中午營業。這正說明了小樽是個觀光小城，但不是給觀光客過夜的小城。沒關係，山窮水盡我還有 Lawson，對，就像在台灣生活那種大不了吃 Seven 的豪氣怡然，那麼，你就比較不是在旅行，而是在生活了。

去便利商店前採買晚餐前，還是先看一眼運河吧。看著小樽運河，我想起第一次去巴黎時，向一個台灣留學生分租一間房，我問他：最喜歡巴黎什麼地方呢？

他回答：塞納河。我心想：蛤！你不是住了好幾年嗎？竟然給出這麼觀光客的答案！他接著說：因為心情不好時，只要去河邊走走，就會變得開朗。我笑著回他：台北也有很多河啊！

他說：不一樣，你有天就會懂了。

現在，我看著小樽運河，倉庫牆面的爬牆虎紅葉完全倒映在水中，岸邊燈光柔美靜好，北國空氣即使在夜裡仍澄明淨透。一樣是河，真的不一樣。

Day 2

二〇一六年十月十九日

重遊有如見舊愛。不知是這一魔咒持續發威，或是感冒藥夜錠起了作用，或是這旅館的床躺過太多冤親債主，總之，我做了一連串的怪夢，最後一個最清晰有邏輯。夢裡，我現在的男友是二十七歲模樣的藤木直人（現實中並沒有這個人謝謝），他在DVD店工作，卻在店裡的地下室擺開一條長桌，如酒窖裡的晚宴，席上賓客是我的歷任舊情人。我像在面試或口考一般，與一任一任舊愛打通關，調侃耍寶或溫馨問候，直人桑則如職人般為大家斟酒添菜。坐在最末端的那位，夢裡一如現實，木訥悶騷，他說不出什麼久別重逢的客套話，不帶感情地問我：今天有個品酒會，你沒去喝？

當年，他曾是帶我品酒的那個人。我像是賭氣又像要劃清界線，越過桌子大聲對他喊：我不喝酒了！

我在這宣言中驚醒。但願我沒真的喊出來，不然隔壁房若有台灣或大陸旅客大概會以為哪個酒鬼在大清早洗心革面鬼叫。

我不喝酒了——才怪。此次旅行心心念念的還有小樽北邊的余市威士忌酒廠。三年前，造訪過那浪漫如童話世界的廠區，酒廠誕生的故事也浪漫得很：日本清酒世家的少爺竹鶴政孝因為想製作出日本的威士忌，坐了一個月的船，遠赴蘇格蘭取經，也娶回一個蘇格蘭女子 Rita。Rita 為愛遠嫁日本，克服種種禮俗，一切都只為了幫丈夫實現夢想。當時，我在博物館看著這動人故事，直覺應該改編成戲劇！果然，不久後這則威士忌愛情故事晨間劇上演了，帶來的效應是，余市威士忌銷售一空，不再大量出貨，想買，只能到酒廠去買。

我還真的來了。原本有個浪漫幼稚的想法，想要在生日那天重遊酒廠，那麼紀念章上的日期就會剛好是生日！然而，打開手機一看，天氣預報顯示，今天將是唯一晴天，明天之後開始降溫下雨，為了陽光，便顧不得那刻意的巧合了，出發！

從小樽到余市要搭三站電車，沿途會經過積丹半島，當美景猶如景片躍入眼簾，拿起手機或相機要拍下時，它又過去了。也許下次得考慮自駕，便可以悠閒地在那海岸線上停歇。

在此便不做威士忌酒廠的紙上導覽，這兒的一草一木都會讓人流連忘返，就算對品酒沒興趣的人，也可以當作一日踏青。提著戰利品，再搭上電車回小樽。晚上，要去小樽最神奇的地方，摩里食堂。

摩里食堂取自女主人摩里子的名字，像個溫馨的社區家庭料理食堂，又如「深夜食堂」那種埋藏秘密的地方。它之於我，神奇之處在於，三年前我根本日語一竅不通，卻在這兒與摩里子姊姊聊天聊到變成好朋友，語言竟然沒成為任何障礙。當然，不是友誼之神顯靈，而是摩里子姊姊熱心又有耐心，又寫漢字又畫圖的，只為讓我感受到異國溫暖。

這次重遊，我們已在網路上聯繫過，推開玻璃門，走進食堂，也就像回家一樣自然。不一樣的是，我多學了一點日文，可以更輕鬆地應答。我總認為，語言會決定一個語境的思考方式，而日文的「名詞修飾語」，則讓日本人成為最會「下定義」的民族。例如，三寶樂啤酒的廣告。北野武被妻夫木聰問到：一個大人要擁有多少金錢呢？北野武回答：擁有「不管站在哪家餐廳點餐，想吃的東西都不用考慮價錢直接點」那樣的金錢就好了。又如，電影《怒》的導演李相日告訴原著作者吉田修一，我想要把《怒》拍成「一開始觀眾會找兇手是誰，看到最後會想：沒有人是兇手就好了」這樣的電影。

好，扯遠了。那麼，摩里食堂是怎麼的一家食堂呢？摩里子姊姊在官方臉書寫道：是「以野菜料理為主，想要一人小酌也可以安心隨意進來的家庭食堂」。當年我憑著雪燈祭簡介上的兩行字就走進來了，只看得懂：「野菜料理」，以及推薦菜：「玄米披薩」，又是玄米，又是披薩，完全滿足一個養生控兼愛吃鬼。當然，摩里食堂不僅於此，美味家常的菜餚之外，摩里子的優雅與親和才是讓熟客一再回流的主因。

這夜，角落的長桌有兩位閨蜜在談心，而吧檯前則是我與另兩位熟客姊姊併桌聊起天，更晚一點，一名男士獨自前來，像是加完班找飯吃，自在而滿足地吃完後離去。摩里子姊姊說：「這客人是單身赴任來小樽的。」（即因為工作被派遣來，妻小尚在原居住城市。）我接著問她有沒有其他奇特的客人？她舉了好多，一一被我收進小說抽屜。

她笑說：「開一家店，與人相遇這回事，會變得很厲害呦！」

我相信。但我不需要開一家店，只要常常來這兒，我好像就可以寫出厲害的小說了。

Day 3

二〇一六年十月二十日

祝我自己生日快樂。果然，如氣象預報，氣溫驟降至攝氏三度，又雷又雨。冷雨天，對生活在台北十多年的人而言應該如小蛋糕一片，但是，今天的小樽顯然更狂一點，風颳得讓路上的每支傘都開花了，雨是橫的。三度C的颱風天，理該躲在室內。然而，我今天要換住處，將換到正對運河的老旅館。於是，退房，寄放行李，奔跑過馬路，進站。小樽有一處地方可遮風擋雨又可消磨一日，往南兩站的小樽築港。什麼樣的地方呢？MALL。

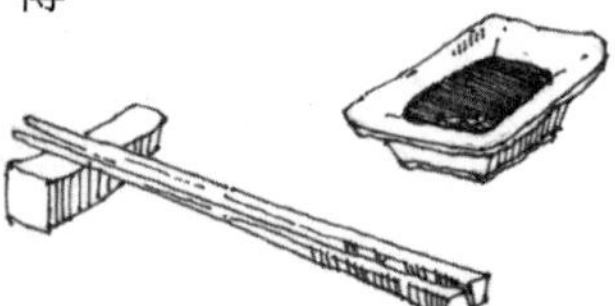

正如全世界的MALL一樣，有連綿的品牌專櫃，有大書店，有餐廳美食街。我在書店浸泡了兩三小時，直到感覺飢餓。到美食街買一盒酪梨壽司，食用前照例先拿手機拍照，傳給家人當作報平安。伸手探進慣常放手機的包包內袋，沒有。翻了所有的口袋，把包包裡所有東西都倒出來，也找不著。事實在眼前：手機掉了。食物也在眼前，擠好了哇沙米和醬油，而且我很餓。我開始吃起來，事實岔開成為兩條路：找得回來，與找不回來。我先往後面那條思考，很舊的 iPhone 5S，不怎麼值錢了，無所謂。後面的行程電腦裡都有備份，無所謂。好，繼續吃吧。

吃飽後，先回到書店詢問。店員表示沒人撿到，要我再到服務台問問。到服務台，櫃檯人員拿起無線電聯繫，回報：有。就寄放在某某專櫃。我萬分感激，拿著樓層導覽圖找到那專櫃，領回手機，應該是行進間掉在地上了。我感謝這份幸運，但卻不致欣喜若狂，大概是今天剛滿三十六歲的我突然明瞭，有時，幸運只是因為剛好走到了對的那條路。

午後，風雨稍歇。我回到旅館領了行李，走過大街，朝運河前進。這時，天空降下鹽粒般的雪點，前方香港親子旅遊自由行的小孩興奮地尖叫。這是小樽今年的初雪，我安靜地，接受並感謝，又一份幸運。

Day 4

二〇一六年十月二十一日

住到多高級才叫住得好呢？差這一兩千元要不要就咬牙花下去？這是每次行前準備訂房時都會發生的一番掙扎。我的習慣是，截長補短，若有一兩夜住宿費花得多，另一兩夜就將就一點，甚至去住青年旅館床位也沒關係。

小樽運河第一排，有許多家旅館，這次沒有細細比價就選了這家「古川旅館」，因為網頁上有一張公共休息區的照片：按摩椅正對一面書牆。實際來了，才發現雖然單人房空間仍如一般日本商務旅館一般狹小，但每個公共空間都很迷人，圖書室優雅溫潤，早餐的座位就正對運河，大浴場也乾淨雅緻，如果沒事的話，我可以窩在室內一整天不出門。

然而，這是在小樽的最後一天，我仍必須去踏查訪舊。當年，我帶著一篇開了頭的小說〈馬修與克萊兒〉來小樽，每天換不同的咖啡館，每天寫一點。每天寫到進度之後，就踩著鬆鬆的新雪，到街上找地方吃飯。那時候，最喜歡的兩家咖啡館，分別在南北兩端：南小樽的木屋咖啡館「Hachi」與北運河的倉庫咖啡館「Press」。Hachi是自家烘焙咖啡專門店，室內真空管老音響放著古典樂。而Press則有點雅痞，倉庫裡直接停進古董老爺車，兼賣咖哩飯和義大利麵，都極美味。我只剩一天了，先到Hachi，不是公休日，卻不知何故未營業，好可惜。回頭走過甜點店紀念品玻璃藝品店林立的堺町（亦即旅遊團半日遊下客處），沿運河走到Press。Press一點都沒變，老闆正在炒咖哩，店裡香氣濃郁。因為不是用餐時間，我只喝了一杯香料奶茶，當年，〈馬修與克萊兒〉在這兒敲上最後一個字，劃上句點。

小樽最後一頓晚餐，我選擇「魚真」，它在華文區部落客的介紹下已經很紅，新鮮實惠，不因名氣而馬虎。我點了一份握壽司、一片烤魚，配一小壺清酒。清酒點了熱的，但送上來時，是冷的。我請年輕的店員幫我換，但他大概不明白是送錯了，以為我奧客，雖換上熱的，臉色卻有點難看，接著在櫃台後與其他服務生竊竊低語。我不想讓自己有不舒服的感覺，也沒必要陷入內心小劇場，專注於眼前美食便是。這時，一隻溫暖的手搭上我的肩，我轉頭，是餐廳的老奶奶。她問我從哪兒來、吃得習慣嗎？幫我斟了酒。那些年輕店員們看起來應該是她的孫子們，我就像個突然被奶奶疼愛一下的遠房表姊，馬上忘了剛剛的小誤會，心想，奶奶真的是最無私最跨國界的一種生物，只要全世界一直都有奶奶的存在，我就可以一直當個被寵愛的小孫女吧。然，一回神，看著自己桌上的一盅清酒一片烤魚，忽然驚覺，其實我內心也許更像個孤僻的日本歐吉桑哩。

酒足飯飽，我又回到了運河邊。這夜，與第一晚的萬里無雲完全不同。雲層厚重飽和，而低溫讓運河上的天色湛出深邃的藍。你一輩子會來小樽幾次呢？你來小樽，會看運河幾次呢？

我想像，如果有一天，我長住於小樽了，也許經營起B&B，若有客人問我：最喜歡小樽什麼地方？我也許會回答：運河。因為每天看，都不一樣。

雖然只是想像，但我會一直把這個答案放在心上。

冬天去海邊

午後三點，在橫濱美術館對面的百貨公司美食街吃過簡單午餐後，到昨夜下榻的商務旅館取行李，沿著跨越河川的人行棧橋回到車站，搭上京急電鐵的紅色列車，往三浦半島前進。

如果你來東京五天或六天，都內各站各區已可讓旅程滿到目不暇給：冷酷絢麗六本木、下北澤高圓寺個性古著、淺草或日本橋下町迷人巷弄、神保町老書街老咖啡店，近年興起的日劇景點神樂坂與中目黑……半天在井之頭公園踩踩天鵝船都算太奢侈。但如果你待超過一個禮拜，便會想排出三天兩夜延伸到近郊，去泡個溫泉，爬個小山，或是，如我這次，單純地想，去看看海吧。

到東京看海，可以選擇橫濱港灣或是湘南鎌倉（後者的灌籃高手平交道成為網友熱門打卡點），易達易玩，也可一日來回。但是，在橫濱與鎌倉之間，其實有一座小巧美妙的半島，名為三浦半島。它沒有伊豆半島那麼有名，但因為形狀特殊，造就了不凡的景致。有海，有溫泉，有美術館，有漁港，有美食，有藝術家鍾愛的臨海小鎮。

但是，冬天去海邊，到底是不是個睿智的選擇呢？

幾天前，搭廉航紅眼班機於清晨抵成田機場，換了巴士到東京車站不過早上八點，陣陣冰冷刺骨的霜風襲來，馬上進女廁在牛仔褲底下多塞進一件發熱褲。每天圍巾毛帽手套全副武裝才敢出門，一回到室內第一件事是開暖氣，再層層卸除。這是到高緯度的冬天旅行的儀式。市區都如此，海邊會是怎麼蕭索的景象呢？

然而，當越往海邊靠近，溫度反而越高時，我反而慶幸為自己安排了這異於常人的旅遊計畫。對大海與洋流的知識不足，仍能感覺自己在溫暖海潮的包覆中，進入這蜿蜒海岸線。

三浦半島的第一站是觀音崎。半島如一隻帥氣的女靴，而觀音崎就在那優雅卻穩固的鞋跟上。

從馬堀海岸站下車，依著旅館官網清楚的指示，走到接駁車上車點。距發車還有點時間，旁邊有家大超市，像是這小鎮居民的民生採買中心。我進去買了一點熟食。因為我知道一旦進入半島盡頭的溫泉旅館，大概就不會想再外出覓食。

搭上接駁車，一邊是海岸，一邊是質樸的小漁村，像台灣的北海岸。而觀音崎京急飯店出現在眼前時，又覺得來到熱帶島嶼。白色兩層樓的建築，映著藍天，庭院裡種著棕櫚樹。飯店每間房間都正對東京灣，天氣晴朗時可以看到橫濱與成田機場。

我最喜歡的是包圍著飯店全體的海邊步道。木棧道上，只會見到三種人：慢跑的人、遛狗的人以及牽著狗慢跑的人，如此悠閒，既是慢跑，便是短褲輕裝。像我這樣穿著厚大衣狼狽讓海風吹亂頭髮，拿著相機到處喀喀嚓嚓地，一看就是新來的。

飯店正對面是橫須賀美術館。有些美術館的賣點是館藏，有些則是建築本身就是一座美術館。橫須賀美術館屬於後者，更正確地說，是它的屋頂。站上屋頂，建築就像是海面的延伸，金屬與玻璃都融入眼前的湛藍。

海風溫暖舒爽，開手機一查，氣溫竟然有十九度C。東京與三浦半島的氣候差別，正像冬天的台北與墾丁哪。

若問三浦半島有什麼？我會說，在半島的盡頭，有一座優雅的度假飯店，一座與自然融為一體的美術館，這已經足夠了，不是嗎？

不。顯然我太小看這低調而豐富的半島了。

第二天，搭著列車穿過半島，如穿過這隻靴子的鞋底，到達三崎口站，再換巴士到三崎漁港。這兒與今天的目的地城之島仍有一橋之隔，在漁港停留，是為了「京急三崎鮪魚周遊券」中的重頭戲：鮪魚丼飯。

日本各家電車公司常會推出不同的旅遊套票，除了列車搭到飽，通常會附上飲食與休閒娛樂券，物超所值之外，更有一種闖關感，套票附贈的手冊就是一本精選觀光指南，光是一碗丼飯的選擇就有數十家。這兒的風勢比觀音崎更強，漁船停泊在波光粼粼的港口，雖是一月隆冬，陽光仍耀眼，眼前一片金黃。我拖著行李箱，在逆風中前進，從巴士站到丼飯食堂才幾十公尺路，便能感覺到討海人堅韌的生命力。

海，從來就不是平靜無波的啊。推開食堂拉門，終於不再受冷風狂襲，遞上食券，海洋的賜予送了上來。滿滿的鮪魚和海鮮盛在木桶裡，配上一大碗晶瑩白飯，不需酒類助興，一杯餐後熱麥茶已大滿足。

到一個陌生漁港，吃一碗海鮮丼，也許此生沒有機會再來了，浪漫的一期一會。

繼續搭乘巴士到半島西側的盡頭：城之島，嚴格來說，城之島已不算在半島，而是與三浦半島以城之島大橋相連接的離島。粗獷的岩岸，與三崎港的漁村風貌又截然不同。我沿著海邊的砂石小徑走到陸地盡頭，前方就是海，只見岸邊矗立一「入口」標示。旅館呢？往後方看去，與海岸巨岩融為一體、如建在海上的建築物，便是京急城之島旅館。

這是位於海邊的溫泉旅館，又是集團連鎖，但大廳並不見氣派，反而像溫馨的家庭旅館，接待的人員也如鄰家大哥大嫂。不若昨晚觀音崎的度假洋風，這兒是扎扎實實的日式旅館，榻榻米的廊檐外，就是白花花的海浪，一開窗海水便會打進房裡來。這已不只是「海景房」，而是住在海上呢。

榻榻米上的大桌，擺著茶具、茶點和今日新聞摘要，上面還標註了日出日落時間與潮汐資訊，十分老派。放妥行李，先到旅館外的海岸步道小小健行。

這海岸，可不是可以慢跑的棧道了。它有如俐落有個性的靴子尖頭，粗礪而毫不掩飾，岩石是岩石，海風是海風，不需任何文明造景，若說觀音崎海岸是溫柔穩健的，城之島一整個就是狂。我得把連帽大衣的帽子抽繩綁緊，才足以在狂勁海風中跳石前進。淡季遊人不多，但看來個個是行家，架好了一排腳架和專業相機，順著歐吉桑攝影團的鏡頭方向望去，我才發現遠方慢慢下降的大紅太陽底下，就是富士山！

它的白頂在海上，在暮靄中，發出柔和的橘光。海上富士夕陽啊，我沒料到自己有幸親眼看到這絕景，在海水拍濺中，感覺全身已裹上一層鹽，衣沾不足惜。經過與海風海水的肉搏之後，還有溫泉與大餐相迎。

太陽下山後，我浸到溫泉池中，繼續看著富士山周圍的晚霞。赤裸女湯當然不能拍照，一邊遺憾這夢幻經驗無法打卡分享，又一邊竊喜，或許這才叫做真正的秘境吧。

晚餐是飯店準備的鮪魚大餐。生魚片與各種創意小菜之外，最讓人齒頰留香的，竟是一塊素樸的鮪魚煮。小鐵鍋上只一片鮪魚，與醬油同煮至變成茶色，鮪魚一層油脂一層瘦肉，吃起來毫不乾柴。

一個人旅行久了，偶爾獨享溫泉旅館的一泊二食已不覺得寂寞或尷尬。隔日離開城之島時，一隻胖橘虎斑貓一直跟著我，在我腳邊團團繞，不知是不是我身上已浸滿海味與魚鮮哩。

第三天，繼續前往半島的最後一站，葉山海岸。

我已去過鎌倉幾次，卻不知道距離鎌倉二十分鐘車程，就有這麼一個細緻小鎮。行前做功課時，正好讀到日本獨立音樂人大貫妙子的隨筆《我的生活方式》，她記述了自己搬離東京之後，在山海小鎮生活的日常點滴，而她蟄居的地方，恰巧就是葉山！

或許因為地理上得天獨厚，有山有海，也或許因為有藝術背景的新住民們聚集，葉山發展成獨特的觀光地。有多獨特呢？「葉山一日券」得以一窺。三合一的一日券中，除了公車無限搭乘之外，還有一張午餐券，餐廳並非日式家庭料理，而多是異國美食，另外一張則是「伴手禮券」，這也不是充數的紀念名產，選項包含了英式紅茶、法式甜點、還有美術館的聯名帆布包。

我帶著第一天悠閒的美式海岸記憶，第二天狂勁的岩岸體驗，走入另一個幾乎完全為女性量身打造的小鎮。

葉山並沒有電車站，搭到京急逗子站之後，便靠巴士和步行。連綿幾公里的海岸線，幾乎全線可遠眺富士山。葉山行程：海邊散步，逛美術館，吃午餐，喝咖啡，買甜點。我用伴手禮券換了老店日影茶屋的法式甜點。原本以為大概是幾片小餅乾吧，沒想到是玻璃櫃中的蛋糕皆可任選三枚！我選了極具誠意與份量的草莓派、起司塔和蒙布朗，等於把後面幾天在湘南的早餐和下午茶都備好了。

就算是獨行女子，都可以感覺到被這山海小鎮呵護著，特別在經歷了溫柔與剛烈的兩處海岸之後。然而，只是這麼軟綿綿的幸福感嗎？我不認為。

也許，正因被呵護、感覺有所依靠，而更能長出獨立前行、大步邁開的勇氣吧。回到逗子站，三浦半島之旅的終點。我低頭看著自己腳上的冬靴，感謝它們帶著我走過這靴子形狀的半島，與這溫柔又剛烈的冬日海濱。

浮世

波卡拉往事

幾乎所有到尼泊爾山區健行的人，都要先在波卡拉停留。行前看了照片，寧靜的費娃湖伴著神聖的魚尾峰，追尋靈性與淨化的背包客們絡繹於街，應該是個平和喜樂的天堂，我無限期待。

然而，一下巴士，漫天開價的、死纏不休的掮客即讓美好想像慢慢如泡沫般消逝。接著，大雨落下，原本的熱情瞬間熄滅。整座山城白霧茫茫，背著大背包的我狼狽不堪，要攔個計程車都是苦行，講價不成還會被用方言醮一番。然而，在這旅行修羅場中，我竟然隱隱約約看到了一道光，它也許由更遙遠的山頂降下，而我正好接收到了。那是一道人性之光，會展現在尼泊爾人的笑顏上，簡單說，經過了幾天試煉，我學會了看面相。

因此，要找登山嚮導，不必聽舌粲蓮花的掮客們推銷，就看他是否有副真誠的笑容與眼神。我和同伴走過一家又一家代辦社，我在門口站定，往內探頭感應，「不行！有奸相！」、「嗯，是假笑！不行！」我們便又往前走。找餐廳、買紀念品、換匯，全靠我的面相偵測器，得到了舒服的經驗。

然而，百密有一疏。我們要換旅館那天，我看到一位憨厚大叔在自家民宿門口笑得樸拙，用傻氣的英文許諾我們一串：陽台、暖氣、三張床，OK OK沒問題，我認定沒問題。當背著行囊進到大廳，出來接待我們的老闆長得好像跟剛剛那位大叔有幾分神似，但又不是同一個人，臉上線條感覺精明了許多。

「剛剛在門口的是我哥！」當老闆的弟弟說。果然，弟弟領著我們一進房間，原本說好的陽台沒了，暖氣也沒了，想要得再加錢。我們氣急，找來在門口攬客的哥哥對質，當然，他們是一條船的。雖然氣不過，但實在太累了，也只能忍下，彼此笑道，以後就稱這家民宿為「兄弟大飯店」好了。

一路我們幫遇到的人們取了各種代號：在民宿陽台吃白飯配泡菜，一臉冷淡的韓國背包客是「泡菜男」，賣著各種手工紙與月曆，個頭矮小而溫柔優雅的老闆是「善良紙店老闆」，最後幫我們辦好入山手續的父子檔旅行社是「好人父子」。

好人父子旅行社的對面，是一家兩層樓的義大利餐廳，就在費娃湖的碼頭旁。我們原本在細雨中划船，划至湖中央時變成暴雨，趕緊披上雨衣之外，還拿起勺子幫忙把獨木舟上的雨水往外舀。彷彿抵達波卡拉以來，沒有一刻是舒適的。上岸後，倉皇奔跑至這家餐廳躲雨。隔著露台，我看到好人父子的笑臉，煩躁疲累的心緒又慢慢被撫平。

離開波卡拉前，我們照著旅遊指南找到實惠的喀什米爾圍巾店。老闆人帥又謙和，明碼定價，讓人安心。摸著絲滑柔涼的高質感圍巾，似能完全阻擋店外的粗暴嘈雜。雖然有這些善良的靈光陪伴，但因整座城的觀光生態還是過於混亂，我很少想起波卡拉。

幾年之後，在台北捷運的無差別殺人事件新聞中，看到了其中一名受害者的照片：他在波卡拉與圍巾店老闆合影。新聞中說，他熱愛生命，熱愛自助旅行。我看著照片中老闆淡淡的微笑，這枚微笑，是我和這名陌生的無辜死者的共同記憶。也許還有各種等級喀什米爾的觸感，也許還有波卡拉的山嵐與雨霧。這些回憶，也許他在捷運車廂的血泊中倒下時，都曾快速跑過一遍。

我想起了波卡拉那些善良的面孔。機遇盤根錯節，會遇上何人何事是如此不可預期。所有的緣分與善意都不是偶然，我會永遠記住波卡拉人們真誠的眼神與笑容。

入庵吃齋

雲南大理蒼山上的寂照庵，以一園雅緻多肉植物與美味齋飯聞名。

登山口離大理古城約有八公里的公路，我決定騎電動摩托車前往。到了入口，判斷蜿蜒的公路應可直通庵門，欲加速上升時，被一大叔攔下，說摩托車必須停在底下的停車場。

是嗎？兩邊車子正加足馬力上山呢。但一來我不想冒險亂停車（畢竟是向青年旅館老闆借的），二來也想徒步走一段山路吸吸芬多精，便依大叔，往下騎，把摩托車停妥。才步行上坡，剛剛那大叔便吆喝：「要坐車嗎？十塊錢送到門口。」

唉呀，被騙了。原來中了司機攬客營生的伎倆。寺院下，人性如鏡，一覽無遺。

「不用，我走路。」帶著一點賭氣地回答，大步邁開上山。

山徑比想像中更長更陡，因為沒吃早餐，走起來特別費勁，腳上無力，頸脖出著汗。終於，抵達了。

庵門外，是參天大樹步道，門內，石磨石槽栽植著別出心裁的各色多肉，連奉納神佛的神龕上，也都擺著小株多肉，廊檐垂吊著攀藤小花，一切都賞心悅目極了！但是，我的腳卻停下來了，心裡有個聲音不斷嚷嚷：下次再來吧，淡季再來吧，我與這美麗寺院的回憶會更美的。

因為，在這雅緻庭院裡，除了植物之外，所有空間都是遊客！所有孔隙都是嘈雜談話聲！

要進去嗎？這時，身邊兩個大媽挨擠著我，以為是催促我往前走，沒料其中一位遞上國產手機，說：「小妹，幫我倆拍一張，要有很多花的。」

我在不熟悉的取景窗中努力避開人影，幫這對阿姨拍了到此一遊照，再回神，已進到大殿前。

是體驗寺院午餐來的，肚子也餓了，人再多，也就排隊吧。

買了人民幣二十元的票卡，加入隊伍中，一邊緩慢往前移動，一邊欣賞周圍的花藝與書法。

靜。茶。禪。儘管清新脫俗的擺設撫慰著我，心裡聲音仍然鼓譟：我要淡季再來一次！

八月大熱天，人多擁擠，果然，還是出現了「中華民族式排隊法」。前方一位奶奶早早卡好位，要一家大小插進來，前後排隊的遊客當然不服，大聲爭吵起來。忽然，工作人員過來，一道鏗鏘的聲線落下：

「一人一個位置，自己排！這兒是寺院，你有什麼怨氣請帶到外面去，不要在這兒發！」

我對寺廟人員不卑不亢的態度深深佩服，但是，仔細思量，對，也不對。自己的位置自己排，對。但若把人生當道場，處處是寺院，隨時隨地不抱怨才對，而不是把怨氣帶到外面去發吧。

奶奶前面一個手持念珠的年輕女孩，沉穩對她說：「你要收好你的脾氣，不要鬧。」如在教化一個小孩。但我看到奶奶慢慢把自己的毛躁不滿吞了進去，臉上線條逐漸柔和。

接著，還有第二幕。尼姑從廚房出來，朗聲呼籲：「今天遊客多，請大家少打一點菜，吃七八分飽就好，讓每個人都有得吃！」

雖然是寺院齋飯，但在大眾認知中或許就是「二十元吃到飽」素食餐廳。有些人一聽完離開隊伍了，有些人嚷嚷：「少打一點，誰還來你這兒吃啊！」、「那兩三個人買一張票就好啦！」

食慾當前，照見人性。我開始慶幸自己留了下來，這番人景，是淡季體驗不到的。

終於，排到了。一人一個拉麵大碗，盛滿了各種顏色的蔬菜，實在美味。一勺白飯，苦瓜、馬鈴薯、龍鬚菜加一點豆瓣炒，一條醃辣椒，一塊清蒸南瓜，半顆扎實白饅頭，八分飽。滿足。

以後這靜美佳庵，可會管制人潮？我存疑。但怎麼管制呢？倒可提供一好方法：無限期支持入庵禁語。

雨崩梭哈

「我那個媳婦兒英文特別好，我們去年在紐西蘭流浪了好幾個月，早上我在小屋裡煎個荷包蛋，房東竟然出來罵人，他媽的老外，我說好那我拿到院子煎可以吧，就在外面生了火……」這個叫蒼鷹的嚮導不斷從桌下拿出一個大塑膠瓶，倒出透明的白酒來喝。他給我喝的是茶，雲南普洱。我要問他最快離開麗江的方法，他倒跟我說了好多世界各地的流浪。

這是三年前的春節連假，我在小年夜抵達麗江。原以為對雲南已經熟門熟路，不須計畫，沒料春節期間所有巴士停開，要離開麗江，只有報名旅遊團，搭遊覽車。哈拉半天，蒼鷹的團並沒開成，我速戰速決，走進張燈結綵的一般旅行社，報名了最陽春的行程，終算離開喧鬧的麗江古城。

由麗江到香格里拉，旅遊團般的下車尿尿吃飯買藥，多付五十塊錢人民幣，換到安靜的單人房。這不是我的目的地，隔天團體遊結束，我就要脫隊，往梅里雪山去。由香格里拉往梅里，又是另一趟未知旅程。五小時車程的巴士上，二三十個素昧平生的旅行者，已經在互相調頻。最後，我與另外七名散客結成一隊，說好一起合宿共食包車上山。

第一晚，在飛來寺的青年旅館住下，連吃什麼都是未知。兩個大男生說要吃火鍋，一個大姊說想睡覺，一個小妹說吃泡麵，一個熟女過午不食，另一對情侶自己覓食去了。我帶了燕麥沖泡包，只要有熱水就行，旅館主人拿鋁盆到屋外鏟冰，幫我燒了水。火鍋約不成，兩個男生也吃起泡麵。

隔天，搭車到登山口之後，便是兄弟爬山各自努力了。山中無訊號，連到了哪家山屋會合都沒說好。我的登山鞋太久沒穿，皮革硬掉了，下坡時簡直抓著小腳趾往鐵板踢，一個人在後面默默走著。而過隘口時，突然手機叮咚了兩聲，是一大男生傳來：到旅行者之家。

天黑之前，終於又重新成隊，這次只剩下五人了。另外三人腳程快，已自己搞定。隔天，我們往雨崩的冰川去，仍是各走各的。毫無壓力，全靠緣分，中間遇上了志同道合的人，就隨另一幫人去。我既把自己拋向未知，便無所畏懼，在這三千多公尺的山區。但當然，我知道每隔一段路就會有藏族民家，所以有恃無恐。

殊不知，下山路上，不知怎的，我真的走到前後無人了。我以為自己走太快，便坐在路邊，卸下背包，脫下鞋子等候，然而只是越等越冷，後面並沒有人跟上。那麼，只有奮力往前衝，去追上人了。我還有一個選擇，這可能會是這趟未知旅行的高潮：坐越野機車下山。

我的司機是個藏族小弟，越野機車要在寬約五十公分且充滿坑洞與樹根的山徑上坡，小弟要我抱緊他，無論發生什麼事都不要把腳放下，「因為你腳著地，我車子又在加速，你腳會斷。」這合理，我謹記在心。

我感覺把自己放上一個賭桌，全數梭哈。害怕嗎？一邊是搖晃顛簸的肉包鐵，另一邊是山崖，我只好頻頻轉頭，看著神聖的永恆的梅里雪山，白色山頭巨大神秘，在不斷加速的油門聲中，我想像自己已經與它融合為一。

到了登山口，仍未見到原本同隊的人，怎麼下山呢？我不動聲色繼續尋找慈眉善目的獨行者們。這時，我又接到那大男生的簡訊：我與另一群人從另一頭下山了，再會。

清邁城裡城外

我特別喜歡有「古城」的城市，像是雲南的大理，泰國的清邁。那麼，一定對歷史很熟悉囉？不，我對這些古城歷史的認識，也就是旅遊書上或城門碑文那樣片面，亦不求甚解。因為「古」城魅力已不在真正的古老，而是因為時間慢慢發酵出來的一種韻味。古城有別於新城，不是政治金融商業中心，看不到流行時尚，連交通工具都回到原始：步行與自行車。

在清邁待了一個星期，一到達就與大學同學會合。她已先來玩了好幾天，隔天就要離開。她把蒐集到的旅遊資訊整疊交接給我：叢林飛行、烹飪課、清萊一日遊，雖然每個看來都鮮活刺激，但似乎都不如這被古老寺廟與淳樸店家環繞的古城吸引我。我心想，等到城裡住膩了，再安排往外跑也不嫌遲。反正全無計畫。

我住的平價旅館在古城正中央偏北，古城四方約莫各兩公里，每天沿著主街，從最東（塔佩門）移動到最西（帕邢寺），再加上穿街走巷，走個十幾公里是家常便飯。我似乎也不覺得膩，有時一天走上兩回，每天各時段可看可吃可買皆不相同。

決定出城那天，向旅館租了腳踏車。計畫先由北門出城，到非常著名的道地小攤吃碗很辣的咖哩麵，然後到文創商圈寧曼路走走逛逛，再到山腰上的無夢寺。習慣了城裡的安逸緩慢，奮力踩著小白（幫腳踏車取了名字）才切過汽車摩托車嘟嘟車公車喇叭聲不絕於耳的護城河道路，我就已經想回城裡了。但是，出來就出來了，就當成一日探險吧。

在網路上寧曼路三字一打，就會跑出許多新穎時尚的小清新店家。的確，獨棟洋房的咖啡館或設計小物複合空間，都有型有款，但不知為何我覺得好像回到台中，我現在居住的精誠商圈。因此喝過厲害拉花的拿鐵咖啡，便速速上山。

無夢寺，大概會是清邁最讓人魂牽夢縈的地方吧。拐入山林小徑，緩坡還不致嚴峻，淑女車加上練過的大腿肌肉，還不致下來牽車。把車停在樹林裡，慢慢散步進入保持自然的寺院區，雞群、老狗、僧侶與觀光客怡然共處，恰似那些荒地裡散落的佛像。雖然無夢寺有著神聖的佛塔與奧秘的甬道，但卻沒有太多的宗教儀式感，想要繞塔參拜，或只是散散步求無夢好眠，皆很自在。

帶著寧靜感下山，再度發揮鐵人毅力切過環城道路，回到城裡。城外的西北境，我就去過這麼一次，因為出城一途實在太像打仗。另一側的塔佩門，則輕鬆步行就可出城。那一路有著美麗的殖民風格茶屋，有匯率親和的換匯店，還有古老的中藥行，門口賣著一杯五塊錢的青草茶。再往北走，可以到中國城與傳統市集Warorot，我在這兒買了許多陶瓷與木盤，價錢比許多文創小店要低廉得多。如負重健行般，再次回到城門，在城牆邊的蔬食餐館點一份紫米加州捲，配一杯胡蘿蔔蔬果汁，然後再慢慢踅回旅館。

若問我清邁哪裡好玩，也就是這些走來走去的樂趣，反正走到鐵腿了，去按摩就是。我沒體驗過叢林飛索，也沒到過金三角看長頸族，沒踏進潮流夜店，連高級SPA也一次都無，聽起來很遜。但朋友來訪，看到我家的一只花瓣造型碧綠瓷盤，直呼好看，我回答：「清邁的菜市場買的呦，一個二十塊錢。」便又覺得驕傲了起來。

Pepper
PEPPE

札幌搭錯車

夜間八點，我站在北海道名為「沼之端」的無人車站月台上，四周漆黑，羽絨外套下的身體微微發抖，不是因為冷，而是緊張，我努力裝出鎮定樣，依然難掩惶恐。一位剛下樓梯到戶外即點起菸的中年男子，似乎感受到了，問我：「往札幌？」我點點頭。「那放心，沒錯，是這側月台。」他友善回答，我放心了。

我為什麼會來到這裡？這不知方位、完全陌生、什麼都沒有的小站。當然，是因為，搭錯車了。

時間往回推半小時，我從南千歲站外的 Outlet Mall 慢慢晃回車站，刷卡進站，月台兩側正好有兩列正要發動的電車，我沒思考就衝上了一列，門關上了，列車動了，方向反了。怎麼辦？拿出電力僅剩20％的手機，打開Google Maps App，那個定位的小藍點顯示出我被裝在一個移動的車殼裡，正沿著千歲線往南移動。這是普通車，門上看不到停靠站顯示面板，我只能繼續呆望著手機，期待列車盡早靠站。小藍點又經過了「美美」（名字還真可愛啊）與「植苗」兩個小站，都過站不停，終於在沼之端停下了。

這不是在台北捷運坐錯邊就下一站下車坐回來那麼簡單而已，我害怕再錯一次就回不了旅館。打開「乘換案內」App，查了時刻表，謝天謝地，半小時後，即有一班車回千歲。為什麼人生會來到此時此地，花了一個多小時原地折返呢？為什麼會突然腦袋斷線隨便上車呢？我開了另一個叫「動動」的計步App，答案揭曉：那天我已經走了兩萬六千多步，顯然是累過頭了。

兩回去北海道，都只在札幌停留一日。當然，札幌是個舒服的大城市，但比起小樽或函館這樣小巧細緻而個性鮮明的小市鎮，想要在札幌走出獨家路線，得有秘訣，我的秘訣是四張口：咖啡咖哩，在咖啡與咖哩之間，就是不斷地走路。

咖啡，是網路上極火熱的「森彥咖啡」，那是一間在圓山公園下，蜿蜒民家巷弄裡的小木屋咖啡館，外觀已夠夢幻，聽說咖啡又是一絕，當然要去。然而，夢幻與現實最大的差距是，現實裡，它是要排隊的。狹小的玄關擺了三張圓凳，面前就是吧台，便是所謂的候位區了，店員端托盤走過，客人起身上廁所時，都得互相讓位。雖然空間侷促，但我正好可以看著吧台的咖啡師從容沉穩地沖咖啡，這一看，不知不覺過了七十分鐘，我終於被帶到復古長桌的一角。

日式深焙咖啡配上肉桂奶霜蛋糕，滿足極了。值得排隊嗎？不敢百分之百肯定，但我肯定的是，孤獨旅者一定都是最上道的客人，喝完吃飽就走，讓站在門口的可憐人趕緊入座吧。

為了把蛋糕消化掉，繼續走路，冷雨中熱量燃燒得快，回到車站，正好可以吃咖哩。湯咖哩是札幌名物，選擇非常多，名店各有千秋，這次吃的是以蔬菜種類多而聞名的奧芝商店。炸得亮亮的南瓜、茄子、秋葵、蓮藕、甜椒鋪在以咖哩醬汁燉得熟軟的高麗菜上，白飯上那一小片檸檬是提味關鍵，最後再喝一杯冰涼的拉昔，把齒縫的香料渣籽沖進肚裡。

天黑了，四張口都滿足了。原以為只要再配上 Outlet 札幌一日便圓滿了，不料老天爺又賞我一個搭錯車安可曲，看來是祂意猶未盡哩。

北鎌倉尋找「無」

若你隨口說出去了京都哲學之道法然院，座中若有人立即答曰：那你去了谷崎潤一郎墓嗎！當知此人，真文青也。曾幾何時，走踏文學或電影場景瞻仰緬懷還不夠，文藝愛好者得再闢一條世界掃墓路線。巴黎的沙特、西蒙波娃、楚浮與眾音樂家，東京近郊多摩靈園有三島由紀夫和向田邦子，走進事務所櫃檯人員就會給一張一目了然的「床位表」。

去年冬天，訪鎌倉。這個距離東京一個小時車程的濱海古城，連著江之電，沿途可一次拜訪動漫《灌籃高手》的平交道、日劇《倒數第二次戀愛》的極樂寺站，和電影《海街日記》的長谷寺觀景台。而與鎌倉一站之隔的北鎌倉，站外就是圓覺寺，寺中有小津安二郎的墓，而墓碑上只題一字「無」。

圓覺寺墓園不止一處，但網路上已有網友細心列出路線圖，不怕迷路。並非崇日媚外，而是古剎名園之中的墓園，就是沒有「墓仔埔」之感，仰頭看看參天大樹，低頭拍拍可人小花，連上坡都當作踏青健行，然而，肅穆與崇敬的心情是有的。

「無」字前，粉絲們供奉了各種酒與香菸，而我覺得最妙的是碑前有一只紅色水桶，上面以黑色簽字筆寫著「小津家」，像是在「無」之外，報出名號。有那麼一點落漆的可愛，既在俗塵之外，又被什麼溫暖瑣碎的東西牽繫住了。

若在拍片現場，那只水桶，應該會被導演要求移開吧，或是嚷著哪個沒 sense 的傢伙！然而，那個冬日，紅色水桶中滿出來的各色鮮花，卻讓我覺得，這就是最理想的美術設計。那紅，像《秋刀魚之味》裡女兒的紅裙，不突兀、不喧譁，而像是一種安靜溫柔的陪伴，在孤獨冷冽的「無」字旁。

北鎌倉站附近，似乎形成出樂活咖啡館聚落，天然風裝潢，有機農家菜配上自家烘焙咖啡，以往這類店家是我的菜。但那天我似乎覺得在「無」之外，搭上什麼都太多了，在站外的全家便利商店吃了關東煮和咖啡，很不小津，也很小津。

高山症神聖體驗

起初我並不知道，我著迷的，不是山。

曾在一場台中在地脫口秀聽到這樣一個段子，表演者說他熱愛坐飛機，但其實是為了起飛和降落那各自幾分鐘，因為那讓他體會到瀕臨死亡的感覺，只要花一兩萬塊就可以接近死亡實在太划算了，所以他一次又一次地買機票、坐飛機，直到有次搭深夜統聯從台北回台中，司機在暗夜高速公路飛車狂飆根本像在開飛機，他才發現，原來，只要花一九九元就可以瀕臨死亡了。

我也熱愛飛機起飛降落時的快感，但我不曾將之與死亡連結，而是一種只有當下的全然臣服，你哪兒都去不了，就在這幾分鐘間，把自己裝進引擎聲中，想像與機艙外的氣壓融成一體，就這幾分鐘，血肉之軀是一段音波，一道空氣，身邊的家人或旅伴也沒了連結。降落，便有如降生。

這樣的經驗，也發生在登山。甚至我發現，那是我熱愛登山的理由。

腎上腺素分泌，凝視恐懼，全然專注。攀繩加手腳並用橫越斷崖，或在風強雨大的瘦稜上重裝行走，或在茫茫雪坡上一步一步踢出雪階，這些冒險犯難、驚險刺激的經驗，並不是我一次次上山的動力與目的。我熱愛大山。台灣山友們皆知，相對於路線泥濘難行、雲霧繚繞方向難辨的中級山（二千公尺左右的山區），在台灣，海拔三千公尺以上的大山（或更響亮的名字：百岳），是更乾爽宜人、明亮開闊的健行路線。唯一要克服的，只有高度。

起初我並不知道，我是易發高山症的體質。

我的第一座百岳是小霸尖山。大一新生加入登山社兩個月，每個週末都在爬陽明山郊山，平溪以陡峭聞名的慈母峰孝子山也當踏青般輕輕鬆鬆上下自如，學長姊排定的行前訓練：十圈操場、負重二十公斤爬十層樓，也都愉快愜意地完成，並且還能馬上嘻嘻哈哈到夜市吃大盤滷味配剉冰。

能走、能背、能吃、能睡，適合登山的體質，學長姊這麼判斷。第一次三天三夜的大山體驗，就是大小霸。那是一九九八年，我十八歲。那是輕量羽量登山裝備還不普及的時代，平價時尚戶外look也還未流行，更關鍵的是沒錢，錢花在刀口上，保命雙寶：一件排汗衣、一個羽絨睡袋，其他就交給三和牌與達新牌。據說每一屆新生之中都有「雨神」，我就是那位。三天三夜，雨不停歇。第一天走到海拔二六九九公尺的九九山莊時，內外濕透，毛襪可以擰出半杯水，所幸身體是熱的。學長姊引導，快進山屋、打開睡袋、襪子丟進睡袋，排汗衣繼續穿在身上，不到晚餐時間就乾了，學姊說，是你的體溫把它烘乾了。

原來自身發熱力量這麼大，這麼重要。

那晚在山屋裡，唱山歌、喝酒、說笑話、甜甜入睡。總是有不死心的學長，架了腳架，在接近零度的空氣中，等待銀河，拍攝星軌。睡夢中，時不時聽見青春昂揚的聲音喊著：有流星！

隔天雨仍下著，但今天要攻頂。裝備一一穿上，暖身後出發，雨水沿著雨衣的帽簷滴下，一行十多人濕淋淋地，扶著石頭上攀，小霸尖山攻頂，找到三角點，四周灰茫，啥都看不見，學長從背包中取出社旗，拍照留念，第一座百岳完成了。儘管所有的記憶都是潮濕的，一個月後的玉山主峰行，我仍飛快報名，一樣每晚到師大操場行前訓練，伴著山歌與宵夜，酒量越來越好。

玉山，從塔塔加出發後，要直上一千公尺。這次是晴爽的豔陽天，步道乾爽，邁步向前，時而停下學習辨識鳥類與植物，我們做為先攻的幾人，午後很快抵達排雲山莊，在外面搭好了帳篷。下午四點，陽光倏地消失，我也瞬間沒了電力，陣陣冷風直往太陽穴颼，頭頂心一陣陣鈍痛，在大夥陸續抵達準備晚餐時，我轉為天旋地轉，反胃翻攪，蹲到茅廁吐了幾番後，鑽進睡袋裡，山友和原住民大哥們囑著學長姊：「跟她說話！別讓她睡著！會失溫！」我只能斜倚著，把頭撐在帳篷薄薄的布上，學姊一再問我：冷嗎？但我覺得很暖。

其實只過了半小時或一小時，我的頭痛完全消失了，而且像睡了八小時似的，元氣飽滿，我出帳篷，所有人驚嚇欣喜，傳上盛著熱湯麵的鋼杯給我。「吃不下的話不要勉強。」學姊好心吩咐，但我毫無勉強，快速完食。隔天彷彿脫胎換骨，甚至比上山前功力大增，身體輕盈，頭腦清明。像是與山神進行了一次交易，那麼我交出的，是什麼呢？是白天吃的那些食物（外加經年累月師大夜市小吃美食）？是平日在山下縈繞腦海的胡思亂想形成業障卡在腦裡，藉由疼痛消除？

我沒有答案。這是我的第一次高山症經驗，後來，又有了第二次、第三次，便知道，那是「體質」。

大三時當了領隊，冬至聖誕連假率大隊到七彩湖，在湖邊紮營畢，起火煮大鍋水。好心學長來送行時送了一大袋湯圓，得快煮掉以減輕負重，招呼隊員吃完，我才進入與高山症的交易，這次我知道，十顆小湯圓下肚，會在胃裡快速聚合成一個大湯圓，再交由與高山氣壓調和的我的食道，還諸天地。

後來，因為知道一定會吐，吐前要吃什麼才可以吐得比較舒心，我也一併考量。去雲南藏區，在香格里拉街邊喝完了酥油茶，我對旅伴說，不行了，便蹲到排水溝去吐，吐完回青年旅館倒頭就睡，等待天亮時帶著酥油奶香的無限覺醒。

紅景天在登山界紅起來時，我也吃了，但高山症照常發作。二〇一七年，準備去後藏的岡仁波齊轉山時，發現了另一個高山症預防藥物，叫丹木斯，聽起來像一座杉原、森林或湖泊的名字，但其實是一種利尿劑，Diamox。白色，直徑0.5公分，小到掉到地上會找不到，它成為我的救命劑。

吃下丹木斯，進入高原，彷彿三千公尺是一道結界。這時我知道，我著迷的，其實是海拔高度。

空氣變得稀薄，陽光變得猛烈，天空與雲都變得更近、更清晰。它與搭飛機穿入雲端不一樣，因為腳踩得到地，雙腳還帶著身體繼續上攀，雖然知悉花了大筆旅費與裝備費才得以到達，但眼前一切，又是如此無欲無求。或許是這種弔詭，讓我著迷登山。

最近一次登台灣大山，竟是一日單攻來回的合歡東峰加小奇萊。和家人開車到清境農場過一夜，海拔上升之前吃下半顆丹木斯，一邊感受副作用帶來的手指微麻，一邊持登山杖輕裝上行。連綿不絕的合歡群峰，看似和緩，但每一步都得與心肺對抗。修整完善的山徑與棧道上，滿滿的登山客，那是多麼夢幻的感覺，一小時不到的腳程就可到達百岳。以往我可能會認為那是沒挑戰性的觀光路線，但若能逼近或品嘗到那一點神智清明的高海拔狀態，其實與探勘攀爬無人山徑是一樣的，就像坐飛機與坐深夜統聯都能獲得快感一樣。

每個人上路登山的理由都不同，但帶著自己的身體、自己的一呼一吸，只有自己能夠撐起自己的全然覺知，卻是一致的。每個人登山的目的也不同，但進入高海拔的結界，進入至福充盈的片刻，我相信我們必能在某處相遇。

關在旅館寫作

讀日本名導黑澤明的御用編劇橋本忍的自傳《複眼的映像》時，讓我印象最深刻的，是他們關在熱海的溫泉旅館，圍著和室桌焦頭爛額討論、沒日沒夜奮筆疾書的橋段。而我心目中的經典《烈火情人》劇本，更是導演和編劇兩人住到度假飯店裡去，用每天的早餐時間把故事從頭到尾理過一次，一天一天修潤，直到劇本成型。

這種關在旅館寫作的經驗，我有過。但是，是在灰撲撲的中國大陸二線城市，陽春經濟的商務旅館，每天除了開會，就是自己待在房間改劇本，其實一點都不享受。等到劇本交出，只想趕快逃離。

當出資方提供閉關的房間，當然希望時間勞力密集，能節省成本盡量省，我只是一個生產工具，不是來享受尊榮的「劇作家」。那個悶熱的小城，唯一讓我懷念的，反倒是每天傍晚和助理們散步去吃的小麵館，麻醬苦瓜、醋拌木耳、蕃茄雞蛋湯餃，每道都讓短暫放風的我開心極了。

另一種關在旅館寫作，是自己當老闆的時候，這就讓我享受多了。旅程已經安排，手上工作未完，或又突然多出工作，沒關係，帶著走。

無論在車廂上、候機室、旅館房間，只要掀開筆電蓋，就要進入另一時空，進入劇本的世界，外界完全與我無關。進到房間，不管外面陽光明媚、景點宜人，就是先把手上敲著的檔案搞定。

前年加入八點檔劇本編劇團隊，有幾集劇本，都是在旅途中完成的。二十吋行李箱搭上日本普通電車的座椅，竟然剛好！在搖搖晃晃的電車上，便進入了鄉土大戲。住在和式旅館時，則要做作地在電腦旁擺上啤酒和玻璃杯，好似自己也是大正昭和時代文人，儘管手上敲打的是用來餬口的商業劇。

又有一次，住在京都三條大橋旁的商務旅館，也忙著趕稿。我像在台灣家中的作息一樣，到樓下吃過早餐，掛上「請勿打擾」的牌子，就開始寫作到傍晚，才出門沿著鴨川散散步，到河原町的藥妝店逛逛買買小物，最後拎著便利商店的熟食回房間，繼續寫作。我覺得這樣幽靜從容的生活，彷彿可以天長地久。直到第三天晚上才驚醒！難道我來京都就關在房間寫作嗎?!行程中原本預定要去的 MIHO 美術館、貴船鞍馬，都不去了嗎？

不行，就算今晚通宵，也要趕快寫完出去玩！

這麼一想之後，那一夜有如神助，打字速度突然加快兩倍，思緒也清晰得不得了，專注無比。最後，我竟然在子夜之前，就交出了稿件（且是在品質保證下）。原來，我是關不住的啊。

所以，儘管有種種不同的經驗，關在旅館寫作對我而言，嚴格來說，仍是個夢想。

北海道的小樽，正對運河有一家溫潤雅緻的老字號旅館。它提供了我一張實現夢想的藍圖。房間雖然狹小，但是公共空間中竟包含了書房！除了一大面書牆之外，有幾組皮沙發配矮桌，正對運河的工作桌，還有對寫作者最重要的：按摩椅！書房一角提供免費咖啡，夜間則有甜紅酒。

住客們多是為觀光而來，幾少在圖書室停留。那夜外頭風大，我沒出門，一人獨享了這書房。晃著酒杯，翻著東山魁夷的畫冊，不禁想，如果是在這裡，我應該可以好好住上一陣，寫出不凡的作品吧。

關在家裡寫作的日子，我紓壓方式之一是逛訂房網，因此發現了伊豆半島有一家旅館，推出「文豪房間」，房裡擺了筆墨紙硯。尼泊爾加德滿都還有一家旅館，有「作家專屬長期入住優惠方案」。我一一把它們標在Google Maps上，列入夢想清單。

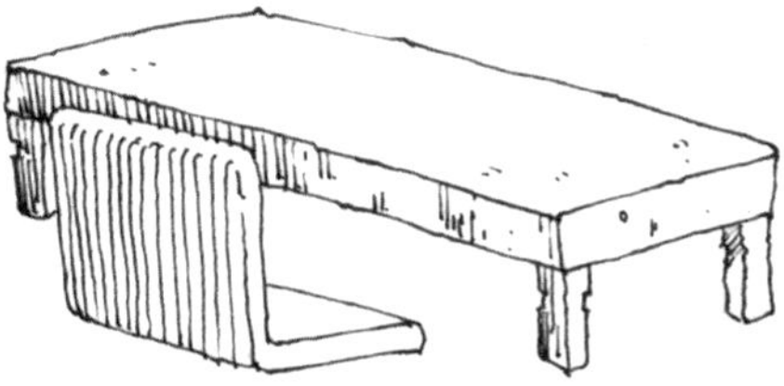

旅伴

如果四十歲我們都還是單身，那麼就一起作伴環遊世界吧。

他們像那些大齡銀幕情侶一樣彼此約定，做永遠的好朋友。兩人在學校時不特別熟，只知道生日差了兩個禮拜，都天秤座。

從大學畢業到三十多歲，每年將各自的年假排在同一區間，選好地點，做好功課，他們是極好的旅伴，不給對方添麻煩，就算閃過一些曖昧的瞬間，也都全身而退。因為是在旅行中，時時刻刻處在當下，戰戰兢兢省吃儉用背好行囊找到旅館，沒有太多浪漫的餘裕。因為說好以四十歲退休為目標，兩人平日各自努力工作存錢，各有各的生活圈。

他從科技新貴當到了科技大叔，週末喜歡品酒，為了那些有品味的酒，買了一個有品味的家。她則是小鎮中學教師，勤儉踏實，除了教學和旅行沒別的興趣，週末繼續在家教兒童美語。老實說，就算每年朝夕相處這十來天，兩人仍有一種疏離感，讓彼此舒服的距離。

兩人三十四歲終於去了歐洲一個月，他當時正等候調職到深圳，她正逢暑假。兩個人，一個月，形影不離。在陽春旅店的兩人雅房，一人一條窄窄的單人床，床尾是洗手檯，廁所和淋浴都在外面，歐洲夏日炎熱，他常穿著四角褲打著赤膊抱著毛巾就去洗澡了，回來也就這麼一條四角褲。她也是，回到房間就隔著T恤把胸罩抽了，他說是女人的特技。但他們之間毫無慾念，有時喝便宜紅酒喝醉了，也就是各自睡覺。

在佛羅倫斯，所有能爬的塔都爬上去了，她仍不甘，「部落客說最美的風景在米開朗基羅廣場！」路程非常遠，他們偏偏每人只有兩條腿，那天他幫媽媽姊姊買了咖啡壺和真皮包，中型背包全滿，爬得汗流浹背，一人落單在後。她使勁往上衝，太陽在他們身後落下了，他想撤退，從陡長梯階下頭喊著：「走吧，天黑了，什麼都看不到了！」她不管，向著樂聲縈繞的高處爬去。他從後面喘吁吁跟上時，整座佛羅倫斯城正好被懾人的紅霞籠罩，雲霞下點點燈火慢慢亮起，根本仙境。他們中間隔著多顆人頭，並不想向對方靠近，直到天完全黑了，他先開口：「走吧。」

她一直記得那天的流浪樂手唱著 Coldplay 的〈科學家〉。Nobody said it was easy。沒人說過這很容易。

後面幾年不知怎的，兩人自然而自動地，不再相約旅行了。三十八歲，兩人生日中間的那個雙十連假，她飛去深圳，三天兩夜。

他開車來機場接她，帶她看夜景吃宵夜，再送她回飯店。她分不清東南西北，坐在他車上有種安心感。她這次特別訂了四星酒店，他卻拘謹有禮，只送她到門口車道，穿燕尾服的門僮來開車門，他們點頭說晚安。

第二晚，車子經過世界之窗。那是深圳知名的遊樂場，裡面有縮小版的巴黎鐵塔、羅馬競技場和印度泰姬瑪哈陵，「我們竟然全部都去過了！」她不可置信地說。他只是嗯了一聲。

他載她去一個叫「西麗」的地方，吃好吃的豬肚火鍋。他不經意說了，計畫明年跟二十多歲的小秘書結婚，最近在裝潢新屋。她開了啤酒舉杯誠心恭喜道賀，他說開車不能回敬啤酒，喝了一罐王老吉。

那是他們最後一段旅程。他車上播著老鷹合唱團的〈加州旅館〉，她想起他大學時在ＫＴＶ最愛唱這首，唱的時候很帥。

這就是終點了，她想。跟著輕輕地哼了起來。

盛宴

冒著極具氣勢的白煙，迷你ＬＥＤ燈閃著霓虹紫光，直徑五十公分的水缸端上來了，眾人驚嘆。主廚把它端到了貴賓面前，大家拿起手機湊到前面想捕捉這富麗堂皇的擺盤時，後頭一缸接著一缸又端上來了，喜宴中才會出現的大拼盤，每人面前都有一份。

乾冰裝在竹筒裡，旁邊的竹葉摺成了造型小鳥，枝葉與花朵掩映，燈光正好打中龍蝦頭的兩根長鬚，如某座大廟的後院夜間庭園景觀。美，說不上，但浮誇絕對綽綽有餘。一動筷子，便發現擺盤不是重點，那裝在傾斜造型玻璃碗裡的生龍蝦肉，鮮美甜滑，佐一點現磨山葵，便可以忘掉面前這俗麗的絨布餐椅、牆上亂七八糟的贗品畫與牆邊的大麥町雕塑。

餐廳外，是有著幽靜古巷與樸實古廟的鹿港小鎮。我不過應友人之邀來此半日小旅行，意外當了陪客，加入此豪華盛宴。

接著，第二道菜，每人兩隻上等的大螃蟹。第三道，十貫滿滿又是和牛又是海膽又是甜蝦的握壽司。每一道都是可供一桌人吃的份量，佐以主題造型擺盤。攤開日式會席料理才有的宣紙手寫體菜單，一共有十三道，這還只是前菜的前菜。

「你看過《芭比的盛宴》嗎？」每次飽到胸口，心臟因為被珍饈壓迫而陷入慵懶狀態時，我就會以吃到很累的語氣，轉頭問旁邊的友人。厲害的是，不管他們來自各行各業，竟也都心有戚戚地點點頭。

是的，飽到這種狀態，美食豐盛堆疊的情境，只有那部飲食極致電影方可形容：一個女僕中了鉅額樂透，想請女主人吃飯，海龜啊野禽啊各種珍稀食材從海上運了上來，女僕在廚房有系統地精實備料烹煮，女主人姊妹吃到翻過去。吃飽後，女主人問：獎金呢？女僕回答：剛剛全部吃掉了，夫人。

也許因為生來帶口福，我儘管沒什麼財力，卻經常在旅行中被招待，吃得飽到變成黑色喜劇。

旅行或許根本就是一種訓練身體各部位肌耐力與柔軟度的運動，也包括胃容量。不能辜負熱情辦宴的主人，也不能浪費食物，便以意志力往下吃。有次參加甘肅參訪團，每天每頓一上桌就是一大盤手抓羊肉，到第四天便有團員求饒，希望換點其他精緻小巧的菜，到了敦煌，很好，果然換成了小動物：野兔一盤。裹粉酥炸成椒麻雞般的野兔，若不想不問，也許也就當雞肉吃了。但不是，野兔的形狀完整擺在大瓷盤上，看出來了，便不忍吃了。

一人旅行，偶爾也想犒賞自己，就算不走豪奢路線，也要有個名目、有個主題。在巴黎時，我便學海明威，領了稿費後，到餐館點一份生蠔一杯白酒。聽起來應該是風雅精緻，吃巧不吃飽的一餐吧。

當美麗服務生來點餐，問：「要幾打？」我呆愣一下。「對，生蠔以打為單位，請問先來一打嗎？」服務生親切說明，我吶吶點頭。當十二個排成大時鐘般的鋁盆端上來，直覺是，天啊，我罩得住嗎？這可不是彰化王功或嘉義東石在路邊買個兩顆吃好玩的烤蚵仔啊。然而，當那海潮般的天然味道滑進口腔，我只覺得自己像是飲了一口極天然的海水，並無負擔。用來墊胃的黑麥麵包，扎實飽滿，兩者竟是絕配。

歐洲悠長的夏日傍晚，斜射的陽光下，吃著生蠔配麵包，我竟想起了每年中秋烤肉的烤蚵仔配烤肉夾吐司。美食無國界，味蕾的記憶更跨越時空，期待它們一次次在口腔與胃壁中交會。

吉祥寺，壞掉的人

每回去東京，必去吉祥寺。這不是寺廟，而是車站名，JR中央線的其中一站。若不細細探究，必會以為它就只是個藥妝百貨一應俱全、好買好逛的地方。然而，我第一次去時，就直覺這兒一定是充滿故事的地方，我的故事雷達一定偵測到了「什麼」，但到底是什麼呢？

後巷帶點雅痞味兒的咖啡館，連結到井之頭公園的巷弄的異國二手衣店，公園入口的平價串燒居酒屋，入夜後，整個街區更是一種爵士小酒館的氛圍。個性、自在、悠閒，旅遊書上會這麼形容吉祥寺，然而，我感受到更多的，毋寧說是「浮浪」，漂浮的、

浪遊的生命情調，但好像又不完全正確。

「很多日治時代台灣作家的東京遊記，都寫到井之頭公園呦！」第一次來時，在日本深造的研究所同學為我導覽著。我喜歡公園裡的大樹、湖中的天鵝腳踏船，串燒店大排長龍我們沒排成，便一起在二手衣店愉快地尋寶。

是了，就是「尋寶」兩字！吉祥寺就是個可以尋寶的地方。後來又去了幾次，我在這兒買到磨得舊舊的粗布牛仔襯衫，買到某某會社週年紀念的啤酒杯，吃到厲害的印度菜，有時就坐在公園裡，看著來來去去的奇形怪狀的人。

而去年播出的日劇《心碎了》，整齣戲真的就圍繞著這些地景，以這些瘋瘋的人為主角，主場景便是一家蒐集各種破爛舊物的古董店！

一開始因為對吉祥寺的喜愛而追劇，後來，便愛上了這些壞掉的人。

藤木直人飾演的古董店老闆姓大竹，單名「心」。與之纏繞、糾結的另外三名主角，都是心裡有破洞的人。山口智子飾演的失婚婦女，以空間規劃與營造幸福生活為業，每天在部落格中張貼出精心擺盤的異國菜餚，配上嘟嘴自拍，她以為心也可以被裝飾隱藏。曾對她拳腳相向的前夫，在古董店後頭的小房間修理舊物，希望當個自閉的好人，渴望平靜安寧，避免與外界接觸，每日戰戰兢兢就怕心裡的兇猛野獸暴走。比起上面兩顆隱藏與封閉的心，新一代女神水原希子飾演的花痴女，可是完完全全相反。她不懂得保護，只要愛上就是豁出一切把心掏出來，因此成為跟蹤狂被送進警局。

這位名為心的店主人，不但喜歡撿壞掉的傢俱，也喜歡撿壞掉的人。他把這三人撿回家，四人展開樓上樓下的同居生活。這樣的戲，必定出自聰慧之筆，沒錯，又是我的偶像，編劇岡田惠和。只要人物設定夠有趣，接著四角戀分分合合，配對再洗牌再打散重來，就足以撐十集毫不冷場。每集中必出現的 Format 亦極巧妙：井之頭公園邊的一家心理診所，裡面有個不說話的禿頭怪醫，劇中人每集會輪流進去一次發洩，於編劇、於演員、於觀眾，都是高招又過癮的獨角戲。

然而，這次岡田王牌的出手，似有點差強人意。首先是觀眾對於山口智子還停留在《長假》的印象，不解此次的「平凡」演出。其次是整齣戲幾乎在兩層貨櫃屋、公園湖邊和古董店裡繞來繞去，沒耐心的觀眾難免抱怨。因此，《心碎了》沒能激起火花，但它仍是我私心喜愛的劇集。

尤其是山口智子的演出，光是她每次飄忽著眼神刻意輕快地念出一長串異國菜名，諸如：燉鷹嘴豆佐油封黃檸檬配上芝麻葉沙拉配上新鮮莓果接骨木氣泡水，那高高低低的語調，我都覺得像是穿高跟鞋踩著玻璃高腳杯砌成的梯階，會在某個不可預知的瞬間碎裂壞毀。

每回看東京地鐵圖時，我總覺得像一支箭插過一顆心。心是環狀的山手線，箭則是中央線，吉祥寺站位在箭的中尾段，在心之外，看著心的繞行與運作。吉祥寺迷人，因為它在「外」，有種無歸屬感，而這些在此交會的心碎的人，也是被正常社會與價值觀遺棄與傷害的人。

據說岡田惠和就住在井之頭公園另一側的三鷹，我不知道《心碎了》是不是他日日遊走觀察此區而生出的靈感。但每個編劇一定都是拾荒之人，希望把這些碎掉的心壞掉的人，帶回文字裡安頓。

我們都在黑暗中摸索

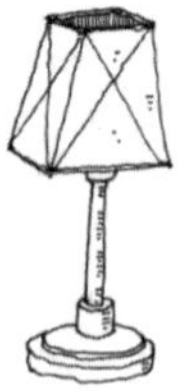

六月剛播映完的日劇《奇蹟之人》，雖然有著勵志又吸睛的主題：一個天生失聰失明如海倫．凱勒的小女孩，遇見了她的沙利文老師！但從第一集開始，便知道不是這麼一回事，文案也許是電視台企劃宣傳的有力說詞，但編劇岡田惠和想著的，是另一件事，關於人呱呱落地之後，怎麼碰觸這世界？

是的，想像，我們都像海倫．凱勒一樣，從黑暗靜寂之處蹦入這婆娑世界，我們怎麼從手指觸摸、從風吹草動、從嗅聞品嘗，去形塑這萬象世界，去與這善良與邪惡並存的世界打交道？

男主角，一個毫無天分想當搖滾樂手、卻組團組不成最後連房租都付不出來的廢柴男一擇，一頭油髮看上去就是臭的，整天拔鼻毛性幻想，順便幻想成為某某女神的守護者。這樣的人，每個人看了都只想對他說兩個字：笨蛋。

是的，一擇這白痴既不帥也不奮勇向上，他擁有的只是像笨蛋一樣的赤誠與善良，如甫從黑暗靜寂處剛誕生的醜嬰兒，即被正常世界擠到邊緣。

女主角小花，清新脫俗，標準美女，童年戲劇化父母雙亡，成為混跡街頭的不良少女，而不良歲月在她與不良少年結婚生子成為母親之後終結了。她不但從良，還快速從丈夫遺棄中站起來，無怨無尤地照顧失聰失明的七歲女兒：小海。外表柔弱，內心強悍，誰敢欺負或靠近她們母女都得吃她幾拳。她看似已融入社會，工作賣力，意志堅強，是個模範母親，卻也因為多重特殊障礙的女兒，把自己封閉起來。

這樣的三個人，奇蹟地開始共同生活了。因為一擇的善心，小花和小海搬進風子太太的分租公寓Share House，成為共住一屋簷下的室友。白天小花工作，一擇就照顧小海，幻想自己可以當她的沙利文老師，從在她手心寫字開始，一廂情願地希望小海會認識這是湯匙、這是火車、這是媽媽。

這樣的一檔戲，難以歸類。它什麼都是，也什麼都不是。它可以是如《一〇一次求婚》那樣，醜男追美女，最後誠心感動天的類型，因為一擇的確每天都幻想與小花在一起，如痴漢又如聽話小狗。它可以是像《六人行》（Friends）那樣的分租公寓情境喜劇，因為Share House的室友們個個怪異又有戲。它可以是任何一部殘疾人奮發向上、扭轉生命的勵志片，因為小海看不見聽不見整天只會哭鬧，如一只布娃娃一樣蜷縮在屋內，大家都等著看「奇蹟」何時發生！

然而，《奇蹟之人》巧妙地將這些元素融合起來，醜男追美女，幾無進展；小海打翻無數次湯碗，好不容易學會了拿湯匙，在下一集又把湯匙摔在地，努力白費。這齣戲到底要說什麼呢？沒想到，是由小花的前夫阿志，一個又廢又狼心狗肺的大反派說出來了。

阿志出現的其中兩場戲，讓我印象最深刻。一是，當阿志發現笨蛋般的一擇，竟然充滿無比耐心地照料他的女兒小海時，他開始跟蹤這兩人。是父親終於動了惻隱之心嗎？是他想要壞到底，傷害這兩人嗎？

都不是，他最後現身，狠狠地毒打了一擇，卻是因為：你讓我作嘔！你就跟那些社福機構的人一樣，要我把小海當天使，說她是上天的禮物！我沒想到世界上真的有這麼噁心的人！

這一場，讓我震懾了。把殘疾孩童當作天使與禮物，是這個世界教導給我們的「正確」，然而，真的是這樣嗎？保持慈眉善目心平氣和，就能與毫無緣由的殘酷磨難和解?!

另一場是，阿志意外受傷之後，一擇的哥們（另一個想當詩人當不成每天不知所云的廢柴）熟練地拿出急救包，幫他包紮好。這哥們說起自己不知為何好像就長得會被不良少年揍的樣子，久而久之就隨身攜帶急救包了。阿志說，沒錯，像我們這種不良少年，最喜歡揍你們這些不知道自己在幹嘛的人了！

是啊，這世界良或不良，黑暗或光明，磨難或賜予，我們每個人，都如小海一樣，在黑暗中摸索著，跌撞著，那不是四維八德可以指引。

那麼，可有奇蹟？

最後一場戲，小海終於學會了幾個手語，學會了表達自己。最後一個鏡頭，停在小海手指指向虛幻又湛藍的天空。不禁想起馬奎斯名句：「世界太新，很多事物還沒有名字，必須用手指頭去指。」

邦子與徹子

戲劇太多，時間太少。每個人因為時間或手上案子需要「做功課」的需求不同，越來越難共享追劇的樂趣。然而，最近在文藝圈友人們的臉書上，又開始有了共同討論的話題，那是讓人看上去就心情平靜愉悅的四個字：向田邦子。

向田邦子，與台灣有著傳奇的關聯，一九八一年她在台灣的遠航空難中，葬身台灣苗栗山野。向田當時不但是如日中天的日本女編劇，且是剛得到直木賞肯定的小說家，那時我尚在民智未開的嬰兒期，但據說當年報紙報導了這則傳奇，也譯介了她的作品，不過，空難新聞退燒後，這名字也就孤獨地留在山裡的紀念碑上。

約莫十年前，台灣出版社重新引進向田邦子的系列作品，以「大和民族的張愛玲」當宣傳標語，以她恬靜脫俗的側臉照為書封，成功地讓讀者重新認識這位在日本家喻戶曉的作家。大眾對她的了解，包括：擅寫家庭題材、是品味特出的美食生活家，有著秘密而戲劇化的戀情（與罹患不治之症的有婦之夫攝影師N先生相戀，默默承受著地下情，以及情人過世的傷痛）。

然而，她如何在職場上發光發亮？她寫作時候是什麼樣子？她和同代人怎麼往來？卻難有立體印象。十多年前，曾推出日劇《向田邦子的戀文》，由山口智子飾演向田，但迴響不大，華文區亦無引進。可以說，向田的文學世界由持續翻譯出版的著作補足了，但向田的影劇事業生涯，卻難能一窺，甚至她編劇作品都僅有森田芳光執導的《宛如阿修羅》一部電影容易覓得。

然而，最近，向田邦子又活過來了！卻非在她個人的作品裡復活，而是在她同代人：作家兼女演員黑柳徹子的回憶錄電視劇裡隆重登場。這部精緻短小的電視劇《豆豆電視台》每集只有半小時，只有七集，目前播映了六集，第七集將在這週末播出。而讓向田邦子迷緊追不捨的，便是由日本女演員米姆拉（Mimula）演出的向田邦子。從第一集開始，坐在中國餐館窗邊寫作，偶一抬頭，偶一回眸，便讓人心醉不已。

而到了第五集，向田邦子成為主角。三十分鐘內，講述了黑柳徹子與她之間的友情。若說最強的戲劇呈現是一步到位，《豆豆電視台》肯定是絕佳示範！不必鋪陳歷史，不必交代脈絡典故，而是直接讓演員變成那個時代的人，讓觀眾從第一秒就開始被說服。二十年的友誼，便在那扼要動人的幾場戲中，讓人記憶深刻。由滿島光飾演、頂著洋蔥頭的年輕徹子，在跑棚的空檔，天天造訪向田邦子的公寓，兩人聊工作聊生活，徹子靈敏外放朝氣四溢，而邦子則內斂從容，總是和善優雅地聽與笑，她拿鋼筆在稿紙上刷刷寫著劇本的流暢節奏，她的衣著髮型，說話時的溫柔語調，微笑時的眼神波動，讓每一個向田迷激動落淚。

幾年前，我曾分次走訪向田邦子的足跡。從苗栗三義的空難紀念碑開始，一直到她出生之前，母親祈求順產的東京人形町水天宮，由死後到生前。最遠去了鹿兒島近代文學館，裡面的特藏室還原了向田邦子的生前住所，當然，她的墓園也去了。讓我流連忘返且一再重遊的，是她的情人N先生居住的高圓寺區域，以及他們經常去外帶甜點的法式糕點店「柏水堂」。

看了《豆豆電視台》之後，我又想起柏水堂的檸檬派與瑪德蓮，上網一查，這家位於神保町的老店，在去年歇業了，無限唏噓。

也許在什麼都消失之後，只有黑柳徹子對向田邦子的承諾守住了：要當一個有趣的老婆婆哦！

錯失的一百一十九種結局

一九九七年，我十七歲，高三，生活中只有模擬考和電影。甚至很變態地期待模擬考，因為只考半天，下午可以去看電影。不可思議的是，二十多年前的台中舊市區，被太陽餅店、理容院與歌廳包夾的大樓裡，竟有一兩家專門放映藝術電影的戲院。穿著綠制服背著書包，與濃妝豔抹舞小姊或酒氣熏天酒客同乘電梯，稀鬆平常；有時看完電影已近午夜，慢慢沿著名為自由的街道，走回學校附近的學生套房，也從未感覺孤單或害怕。十七歲該有的徬徨與迷惘，全數交給模擬考和電影院之後，便感覺心安而踏實，不是想著該往哪裡去，而是，我，能不能，走不一樣的路？

就在這時，我遇見了《藍月》，一部號稱有一百二十種組合的電影。膠卷時代，一部電影有五卷膠卷，導演交給放映師隨機決定順序，也就是那時數學的排列組合裡學到的「5！」。藍月的意思是，一個月裡出現的第二次滿月，意即一個新曆月分裡出現兩次農曆十五，機率極低。柯一正導演，蘇慧倫、戴立忍、大衛王主演，一女兩男在台北都會摸索與碰撞，學習愛人與被愛，學習選擇與放手。儘管是實驗性的敘事，看似錯綜複雜的情感關係，整部電影看起來仍是淡淡的、暖暖的，每個人都是好人，但每個人都不夠快樂。每個人都不快樂，但也不夠悲傷。對，那種「不夠」，就像是大衛王藉著酒膽向蘇慧倫告白說出「我愛你！」時，蘇慧倫回答：「不夠。」

每個人都想從既定生活或城市邊緣溢出一些什麼，但就是不夠。儘管說出了我愛你，仍沒有改變什麼。自己不夠勇敢，便只能期待機遇。這對當時（恐怕現在還是）期待戲劇化或魔法的我來說，一定穩穩地打中了些什麼——不然，一個一天飯錢只有一百元的高三女生，不會花三張電影票的錢，去看同一部電影。

對，我以為，只要再多進去戲院一次，便可看到另一種組合。但是，機遇是如此殘忍，對於渴望變化的人，丟出了一模一樣的組合。寂寞的事只要有人一起做就變得有趣了，與我一起去看第一次的，是一個叫做阿敏的同班同學，牡羊座，白淨清秀，比我高出一個頭。除了一起看電影，我們還會一起去民歌西餐廳，讀空中英語教室與討論畢業紀念冊。

看完電影出來後，她對我說：「蘇慧倫有種死樣子，跟你很像。」雖然我自己覺得只有愛吃麵包這點跟片中的蘇慧倫很像，卻隱約覺得被讚美了。

阿敏和我各自去看了第二次。到了學校之後，不甘心地互相哇哇叫：明明就一模一樣啊！放映師太懶惰了！就在想放棄時，聽到男校的校刊社同學說，他去看了兩次，看到了不一樣的組合。

於是，我又進戲院看第三次。結果，還是一樣的。我再也沒有看過剩下的一百一十九種組合之中的任何一種。

二十多年過去，整部電影到底說了些什麼，差不多都忘光了，卻有一個經典橋段深深記得。在藍月咖啡館，四人坐四角，坐在蘇慧倫對面的胖老闆羅北安為了幫他們解決三角戀，直直問她：你到底愛誰？蘇慧倫把頭埋在桌上，抬頭，看著羅北安說：我愛你。羅北安左看右看兩位男士，尷尬地乾笑起來。而，鏡頭轉到桌下，說出「我愛你」的蘇慧倫，左右手各自抓著戴立忍和大衛王。

玉女蘇慧倫在二十二年後，出現在跨年晚會，身材與聲線都如舊時般青春甜美；演員戴立忍變成了導演；ＤＪ大衛王已在十多年前因肝癌離世。

而我在追完《藍月》後的隔年，到台北上大學。真的去了那家名為藍月的咖啡館朝聖，交了男朋友之後還去藍月約會，還特別坐在蘇慧倫坐的位置。然後就退燒，店家也收了。也許，長大這一回事便是，從期待意外與好運降臨、期待一個月出現兩次滿月的非凡絕美時機，到接受日常就如月升月落，聚散就如月圓月缺吧。

後來，我成為寫劇本的同業。在虛構與想像中，奮力接近那不同日常的機遇，為戲劇裡的轉折與衝突付出腦力與體力。

或許，現在在做的所有事，都像是打開一扇一扇的門，每開一次，都希望能遇見當初錯失的那其他一百一十九種組合與結局。

如果打開了，聽見有人說「不夠」，便再關上門，打開下一扇。

微塵

無去

阿嬤無去啊。

五歲的我第一次看到父親哭泣，那時我們四代同堂住在三合院，父親在客廳翻著手寫電話簿以及轉盤電話，一通接一通打到分別位於台北、台東、和彰化各鄉鎮的姑婆們家。我爺爺有三個姊姊、兩個妹妹，還有一大群堂親與表親。身為長孫的父親擔任報信工作，那頭接通，父親便以哭腔呼喚親戚稱謂，下一句是：阿嬤無去啊。

我不解，據說我自幼年就白目得很，想到什麼就說什麼，但當時我應該也感染了全家大人哀痛的氣氛，不敢亂說話。我八十六歲的曾祖母，在幾十分鐘前斷氣了。那天傍晚她說身體不舒服，想待在房間吃糜，她的孫媳我媽煒了一碗公排骨粥，她吃光光。我爺爺的哥哥嫂嫂也從彰化市回到鄉下來，共商是否叫我爸跟隔壁堂叔公借車，載阿祖去城裡看醫生。晚餐後，阿嬤和伯婆進房探阿祖，一下便出來喊：阿母敢若無法度啊。

我記得不是很清楚，接著應該是更多的大人、還有一些葬儀社的人來了，有人進房幫阿祖更衣，有人幫忙打掃正身廳堂，我陪著父親在客廳打電話。無去，不是國語的不見了的意思嗎？阿祖雖然死了，但身體還好好地在房間，正要被搬到公媽廳，哪有不見？

隨著葬禮全家上下忙碌，我沒機會發問，未解的問題隨著長大慢慢也懂了，那是比較文言的說法，而不是粗暴地說死去啊、翹去啊。

又過了二十年，換成當年報信的我爸掛了，他是這個長壽家族的異數，瀟灑得很，說走就走了。打電話的，換成我爸的弟弟，我二叔。那本記滿遠親近戚室內電話號碼的手寫電話簿好像還是同一本，我二叔盡責地一通接一通打，那時我應該跪在我爸腳邊燒腳尾錢，照理說應該哭得無法思考，但我已經讀了台文所也開始寫作，是寫字人的語言文字雷達自動偵測吧，我聽到二叔用台語說的是：阮大兄往生啊。

二叔在台北中和落地生根娶妻生子，對他來說往生便是死去的文言。

再過十年，我三十五歲，開始認真學日文，我才真正解開五歲時的疑問了。日文的過世、往生、死，就叫なくなる，漢字是無くなる，也是亡くなる，是無去、也是死亡。若用文法來看，是ない（沒有）的「變成體」，去掉い加上くなる，直譯是變成沒有了，也就是無去啊。

靠邀原來我爸講日語喔。

阿祖的葬禮還有個後續。

家前面有一棵大榕樹，樹下是一座普渡公廟，廟旁邊的人家有位阿祖，慈眉善目，身體硬朗，穿著唐衫，梳著髮髻，一邊掃著落葉，一邊問候來往村人。大家把那廟埕周邊統稱為榕腳，我們小時候很愛去那兒玩，爬爬廟前的戲台，繞著大樹跑來跑去。曾祖母的葬禮過後不久，我和妹妹跑到榕腳去玩，遇到了這位阿祖。阿祖笑咪咪問我幾歲了，我回答五歲，反問：阿祖那你幾歲？

「我九十歲咯。」阿祖回答。

我瞪大眼睛，真心發出疑問：「阮阿祖八十六歲就死了，汝九十歲那猶未死？」

阿祖聽完哈哈大笑起來，不知如何為我解答。我繼續蹦蹦跳跳跑回家去，沒記得此事。

是又過了幾天，阿嬤去廟裡燒香，阿祖才對阿嬤說：「恁查某孫仔那遐呢巧！」笑著把上面對話轉述給阿嬤聽，阿嬤一聽都暈了，連忙道歉，說要回家把我抓起來 send tree pay。

「毋通啪啊！」阿祖急著護衛我，「這囡仔這呢巧，毋通啪！」

後來，這位阿祖活到了九十九歲，過世加一歲，無病無痛，享年百歲。大人們開玩笑說，被我一說結果活到百歲，其實大家都知道，是因為她寬大的心。

算起來，這位阿祖過世時我約莫十四歲，國中三年級，百歲人瑞過世在村裡一定是大事，但我完全無記憶，那時世界只有國語文競賽和高中聯考。

幼稚園讀的是鄉立托兒所，老師是阿嬤娘家的親戚，我要叫姑姑，唱唱跳跳之外，有國語課、數學課，全台語授課，每天也要背三字經，但我還記得那位姑姑老師的指令類似這樣：「明阿載愛背嘎兄則友弟則恭，知影否？」上小學之後也沒有受過什麼特別調教，頂多就是國語連續劇看得更多、兒童故事錄音帶聽得

更多、然後開始聽國語流行歌曲和羅小雲的知音時間，上國中後，我被國文老師指派參加演講比賽。

題目好像是守法還是環保，上台比賽的前一個週末，正好外公外婆家採收芹菜，整個家族大小都回去幫忙清洗綑綁，我一邊沖著芹菜的泥巴（其實是想玩水），一邊背著稿子。好像是姨丈提議，你到時要對全校講耶，一千多個人，你不緊張嗎？現在這邊就有好幾十個人，你練習看看！

我也就呆呆地站上籃子疊起來的平台，一口氣把稿子背得流暢，配合老師指導的幾個手勢。大人們很是驚奇，說：「國語怎麼那麼標準?!」

那次校內比賽我拿了第一名，要再代表全校參加縣級競賽。那是民國八十三年、一九九四年左右，儘管國中小還沒有母語課，宋楚瑜選省長已經要勤練台語，全縣國中演講比賽，也分成國語組和台語組。學校怎麼分配呢？第一名參加國語組，第二名參加台語組。我還記得那個第二名的隔壁班女生的名字和長相，我們曾經一起練習，她練台語，我練國語，十四歲的女生，多少有點狹小的競爭心態，老師幫她寫的演講稿裡充滿《天天開心》裡會出現的俚語，我一邊聽她練習一邊覺得自己好幸運。但是真的到了縣級比賽那天，我在國語組的會場被一大堆根本金銘小雨點化身的外校參賽者打掛，個個都字正腔圓抑揚頓挫再加甜美可愛，我只是個對著芹菜田練習的幸運假貨，直接就地放棄。反而參加台語組的同學得獎了，拿回獎盃，還晉級到中部五縣市決賽。

大概是那一輪訓練加激勵，我的國語好像更標準了，有次鄰鎮數理補習班的老師以為我是外省人家的小孩，我還因此有點驕傲，現在想起來也真想給國三的自己 send tree pay。

還有一個伴隨母語深植習慣、改不掉的稱謂，是對我的祖父與外公。我叫他們「爺爺」，而不是其他本省家庭小孩叫的「阿公」。讀了台灣文學所也改不回來。我問我媽為什麼會這樣？她也說不出所以然，「好像就是，覺得讓你們叫爺爺爸媽比較有讀一點書的感覺。」那就是了，讀更多的書的我阿姨就讓我的表弟表妹稱祖母為「奶奶」。而我剛好卡在中間，「爺爺阿嬤我轉來啊」、「爺爺阿嬤呷飯」，叫了四十年。

認真要說，我的台語從沒好過。清華大學台灣文學所面試末了，胡萬川教授親切地說：「台語講兩句阿來聽看覓！」我講嘎離離落落。曾經為打書上台語電台節目，對上主持人流利典雅的台語，我嘛是離離落落。唯有一次，在清大台文所，陳萬益老師的台灣文學史課，課堂報告我負責一九三〇年代的台灣話文運動，我用台語朗讀了郭秋生的〈再聽阮一回呼聲〉：「有時星光，有時月光，想講是文言文以外無文的迷夢已經打破，作中國白話文才是時代文的酣眠也好醒來咯。」

老師同學們說我台語很好。我希望伊永遠袂無去。

北斗遠東戲院

一九八七年《國父傳》、一九八八年《紅葉小巨人》、一九八九年《魯冰花》，這三部院線電影，都是我在北斗的遠東戲院看的，正好是我小一、小二、小三的時候。回想起來不可思議，鄉下小學竟然能安排出這樣的戶外教學活動，每年安排全校師生到鎮上的戲院看一部電影。

我讀的田尾國小距離北斗鎮約二公里，並非走不到，但串聯兩地的省道台一線車多且快，應是安全考量故，學校包了遊覽車，一班一班、一車一車地載，全校六個年級一千多名學童，分了幾天看完。不確定戲院裡座位數有多少，小一那次我坐在走道加設的辦桌鐵椅圓凳上，整部片我只記得國父接待外賓時親吻了一個外國女人的手，小小的腦袋不斷迴旋著國父怎麼可以這樣。

畢竟那是電影放映前要唱國歌、國父和蔣公遺像掛在教室的年代。週末小發財車會沿街宣傳放送戲院本週上映什麼電影，當車子開過我家巷子時，我就像攔麵包車一樣，去問司機時間場次。除了學校安排看的電影之外，媽媽帶我們去遠東看的電影叫《好小子》。

顏正國、左孝虎、加一個小胖，電影演什麼都忘了，卻仔細地記得，媽媽騎偉士牌四貼，電影開始前在販賣部買了很硬的芋頭冰棒給我們邊吃邊看。正在換牙的我，看完電影出來，一顆門牙不見了，是跟著冰棒吃進肚子了？還是掉在遠東戲院了？若是後者，可是無上尊榮呢。

遠東戲院在日治時期叫做新舞台大戲院，北白川宮能久親王曾下榻於此，彰化在日治時期歸在台中州，我家及遠東戲院都屬

遠東戲院

北斗郡。三十多年過去，彰化還沒有連鎖影城進駐，遠東戲院雖然停業，那一棟灰石牆建築幸運地完整保留，雖然周圍被熱炒小吃攤包圍，但據說已被認定為古蹟，日後將會以何面貌重生呢？我期待著。

搞不定：文學獎及其他

你不能再這樣下去了。

每隔一陣子，或是好幾年，不知道從哪裡傳出來的聲音，會這樣以第二人稱對我說。可能是我自己對自己說，也可能是哪個關照看顧著我的力量，總之，接收也接受之後，我知道我要做的事便是：把自己搞定。

二〇〇二年，大四，這個聲音出現了。事實上跨越新世紀的前後兩年，我每天過得精采豐富清純熱烈且充滿活力，一九九八年，中部農村成長的我，終於上台北讀大學。雖不是第一志願，但學校連著夜市，夜市連著酒吧街，系上的課有興趣的才認真投入（如：黃肇珩老師的採訪寫作系列），沒興趣的過關就好，體育課能蹺就蹺，與校園最深的情感建立在一九九九年九二一地震時半夜從宿舍被疏散到大操場。

哪裡有流星雨就衝去哪裡，啥都沒看到就回來到對岸吃永和豆漿；還沒有投票權卻好愛去造勢晚會，選輸了就要鬱卒一天像失戀。我還加入了登山社，登山和談戀愛占去大半時間，然而，週末到地下社會、女巫店、alive看獨立樂團表演，睡不著時就去誠品敦南店看書一整夜，連金山南路巷子裡的2.31都去朝聖過，基本上，還是沒偏離文藝，但，是哪裡出錯了呢？

我沒有寫。對的，我沒有「在」寫。

高中三年，愛寫得很，書包裡恆常放一本稿紙，沒事就寫，寫了就給校刊社的同學看，有沒有發表都寫。上大學後，在BBS上敲敲打打一些流水帳，也就以為寫了，其實不算。

為了讓自己寫，大四，我報名了寫作班，並不是去學寫作，只是讓自己回來，招魂一樣的。就像想要瘦身的人可以去跑操場，但大多都會報名健身房一樣。結業時交了一篇短篇小說，確認了寫作的肌肉還能啟動，接下來的持之以恆，便靠自己了。

又隔一年，研究所一年級，寫了一篇更長一點、更像樣一點的短篇小說，投稿了文學新人獎。回推起來，二〇〇三年SARS風暴籠罩台北城時，正是截稿期，我住在永和的分租雅房，一週兩或三天搭客運去新竹上課。瘟疫過後，新學期開始後不久，某個傍晚下課，手機裡有幾通未接來電，和一通語音留言。

那個聲音通知我：恭喜你得獎了，請回電以便聯繫後續事宜。

我站在山上人社院的斜坡上，周圍沒有老師沒有同學，天慢慢黑，起風了。我的雀躍與興奮無可宣發，只能安靜地留在心裡，我可以找個無風的柱子後面回電，但我沒有。我慢慢地往山下的校門口走，一步一步，走過蓊鬱的榕樹林，走過圖書館和大草皮，我想要保留、或是延長一些什麼，或是把什麼初心或種子的東西深深種進心底，我走得比平常更慢，一直到出了校門口，在客運候車亭坐下來，才拿出手機回電。

得獎到底是什麼感覺？是被肯定嗎？更準確地說，對我而言，是被搞定。

不再騷動不安飄飄晃晃，定下來了：你能寫，你會寫，你要寫。

然而，沒有什麼是不變的。儘管初心還在，卻會被掩蓋，我搞定了文學獎，卻搞不定自己，明明是好喜歡的研究所卻沒讀完，明明是好喜歡的藝文雜誌編輯卻做不久，飛到上海工作又飛回來，談起戀愛橫衝直撞，由著月亮雙魚主導，好愛演又好容易受傷。

花火藝術家蔡國強說：「面世的作品就像煙花燦爛奪目，創作的過程就像黑夜一樣漫長。」文學獎的煙花放完了，我回到黑夜，但我根本就不創作，生活就像爛泥，又黑又臭。

你不能再這樣下去了。

二〇〇六年夏天，父親過世後隔年，我從上海回來。一個之前因為工作見過兩次的男人傳訊息給我：「我幫你捐一百塊了。」

彷彿前世今生。

一九九八年的敗選晚會，跟著學長姊在台下搖旗嘶吼聲淚俱下喊著總統好，台上那位真的當總統了，而且還當了第二次，然後就要被倒了，每人捐一百元的反貪腐行動，風風火火展開。捐款到一億元，代表有一百萬人同心協力。

但我心不在那。因為，馬上一個重要的文學獎要截稿了，八月十五日郵戳為憑，我記得。而我寫寫停停將近一年的〈父後七日〉一直停在第一日，如果稍微軟弱一點懶惰一點，就要放棄了。我白天在天母的藝品公司當文案，只能晚上寫，半頁也好三行也好，寫完了就印出來，帶在頂溪往石牌的捷運上看，拿筆修修改改，晚上再繼續寫。

寄出去後，我與幫我捐一百元那男的開始約會。喝過三次咖啡之後進入談戀愛，甜蜜到沒空反貪腐，他的一個身心靈掛的哥兒們說：一個城市不停下大雨，是因為有人熱烈地在談戀愛，所以讓人民更團結的那幾場大雨都是你們造成的，你們也算有貢獻。

我不知道那名稱是誰想出來的。圍城。九月十五日，台北捷運與街道一片紅海，我在下班後趕著去城裡見他，捷運堵死便改搭計程車，司機問我：「要圍城了耶，你要進去嗎？」

要進去嗎？要進到一段穩定長遠的關係嗎？要同心協力走下去嗎？進去了，會不會想再出來呢？

我們不能再這樣下去了。分分合合，藕斷絲連，用力過猛，傷身傷心。有個朋友說我是拿根竹竿不斷在平靜的湖面上攪動，我卻覺得我是在讓漣漪四起的湖面靜止下來。

長更大之後，才會明白，戀愛談得亂七八糟，都是因為自己還搞不定自己。但我再次搞定了文學獎，十一月，秋高氣爽，我接到了入圍通知。

典禮的無上榮耀與尊貴，是獻給文學與文學人的。那時，我再次意識到，我也是其中一員。說沒有得失心是騙人的。我記得入圍的五人被叫到台上，當兩名佳作陸續公布、我都不在其中時，某個猛烈的直覺或企圖心，在心底呼喊：我只想要第一名。第三名公布，仍不是我，第三名領完獎下了台，台上只剩下兩個人，平常心三個字只能暫時塞到鞋底。

但記得更深刻的，是散場過後，我抱著獎座站在大樓外，現在存摺多出好多錢了，要搭計程車嗎？想一想，搭公車速度也是差不多，便又上了來時的公車。到市政府站轉車時，天黑了，想著好像應該去哪吃個什麼大餐慶祝一下，跑過一些大飯店自助餐的選項，可是一想：獎座好重。我又上了公車，回到永和的家，我卸妝換衣服，最後大概是散步去吃了樂華夜市。

紅衫軍解散了，文學獎落幕了。我到報社當記者，仍然在寫，卻很少不為什麼而寫。電影公司來聯繫，邀請我把得獎散文改成劇本。我把父親告別式時葬儀社的側拍播給他們看，問：你們要拍這個嗎？他們看了看覺得毛骨悚然。我回家鄉做田調，加入人物與血肉，劇本有點像樣了。他們問：你要一起當導演嗎？

我辭掉報社工作，加入劇組。拍完第一階段，錢花完了，停擺了。我失業又失戀，再次陷入搞不定的局面。這時我快二十八歲。

這一次，我把二十出頭歲以來，想要抓住什麼卻什麼都抓不住，想要穩定卻定不下來，想要被搞定卻不斷搞砸的反反覆覆，寫成了一篇短篇小說，名字就叫〈搞不定〉。

這一次，沒搞定。連佳作都沒有。但那次的首獎從缺，朋友告訴我：從缺的意思就是，你沒有，誰都別想得到。我被安慰了。海海人生，高高低低，我甚至去當影子寫手來度過低潮，我要繼續熟悉雙手在鍵盤上敲打的手感，繼續適應一個字一塊錢兩塊錢的韻律。

我不禁想，如果機緣錯開一下，時序錯置一下，例如我先損龜了，那麼我還會繼續寫嗎？恐怕不會。這麼一想以後，就覺得自己無比無比幸運。如摸石頭過河的二十幾歲，所幸有前兩個文學獎撐住了我。

你不能再這樣下去了。

你不該再這樣下去，你不值得再這樣下去。二〇〇九年，散文改編的電影重啟，二〇一〇年，征戰影展，像被雷打到一樣，勢如破竹，叫好叫座。我成為專職的作家與編劇，沒再猶疑過。至於那些獎座，一律拿回家獻給媽媽，供在客廳玻璃櫃，那是讓她安心用的。

我以為我搞定了作品，其實是作品搞定了我。它反過來，點醒我、告訴我：你能寫，你會寫，你要寫，你不能不寫。而我卻常常忘記。

後來，過了三十歲，第一本短篇小說集出版了，收錄了〈搞不定〉。一位廣播主持人告訴我，他讀那篇的時候一直哭，明明寫的是一個不斷劈腿害人害己的臭男人，他卻想到他自己的二十幾歲，那種巨大的不安不定，不知道自己要什麼，每天都不知道怎麼搞定自己的日子，太悲慘太恐怖了。

我懂。

我也不想再回去。

一九八〇年代的Uber

智慧型手機帶來了便捷新生活，每項新工具出現時，總要向母親解釋半天。買CD，買好了。CD呢？是檔案，存在手機裡，要聽的時候點開就可。買高鐵票。買好了。票呢？存在手機裡，過閘口時刷手機就可。訂披薩、訂貓砂，滑滑手機，好了。母親總提心吊膽，會不會遇到詐騙，但她自己手機裡也有個股市App呢！她說：「我只看不買。」她刷新股價之後，如要交易，仍會打室內電話到證券所給信賴的行員。

唯獨Uber。母親問我：那是什麼？我說：「就是爸爸以前做的事啊！」她馬上瞭了。我點開乘車紀錄，某月某日幾時幾分從甲地到乙地，共花多少錢，安全可信賴。我們首次以這個角度回憶起爸爸，說他真是走在時代尖端。

一九八〇年代，計程車行制度與工會尚未健全，不掛牌的私家轎車，亦可到人潮聚集處攬客，中部鄉間，並非家家戶戶有車，有時小孩老人上醫院，便得叫上隔壁村子的人家幫忙載一下，怎麼收費？便論路程，論心意了。當時當然還沒有Uber這名詞與技術，為了區別有牌計程車，這種私家車便以台語發音的動詞當名詞：「跑車」。

爸爸並非全職跑車，他白天在工廠上班，晚飯後及假日才當起司機。正如媽媽，白天在鄉公所當職員，晚上做纏緞帶或貼商品貼紙等家庭手工。這是一九八〇年代，上有兩老，下有三小的父母雙職雙薪的生存方式。趁年輕，能拚就拚，讓小孩讀高一點，過好一點，正值盛年的他們這麼想著。

既買了車，就得物盡其用。爸爸每天晚飯後，會開著他的裕隆老車，到鎮上的車站載客，夜晚十點、十一點才回家。開久了，他經營出獨家路線。週末到雲林的兵營載阿兵哥到客運站，收假時再到客運站載回兵營。

有時一家五口明明難得要出遊了，行經街道，見三兩徬徨的阿兵哥踅著，爸爸也會搖下車窗，問：「坐車否？」怎坐？讀幼稚園的我和妹妹，擠到副駕駛座媽媽腿上，讀小學的哥哥和兩三大個兒擠後座。就算擠，也不以為苦。至少在車殼裡，是遮陽擋雨的。爸爸未買車之前，我們一家在野狼機車上五貼哩！

最狂的一次，媽媽做的家庭手工緞帶正在趕出貨，裝好一大袋要爸爸跑車時順道送去給中盤商，而途中爸爸載上一車兵到西螺，幾個阿兵哥下車時，黑暗中看不清楚，把那一大袋當作自己的行囊，甩上了野雞車。

爸媽急死了，怎麼辦？沒有手機，沒有GPS追蹤，唯一資訊只有爸爸與那幾個大男生車上閒聊時，得知他們要回高雄。媽媽打電話到客運站，問到那班車半夜會再由高雄折返，拜託高雄站人員，務必請司機從那幫天兵手上攔下那袋貨品，再原路載回。爸媽整夜沒睡，凌晨就開著車去交流道等候。

而爸爸的跑車時代，終結於一次傷筋動骨的車禍。隔壁村的熟人，趕著要到鎮上火車站搭車，叫了爸爸的車。爸爸接了乘客，才從那人家的巷子拐出來，就被一台砂石三輪車攔腰撞上，肋骨斷了，住院許久。

出院後，持續默默保守且小額投資股票的父母，迎上了台灣首次股市萬點。雖然不是大財，但讓他們終於稍可歇息，不必卑微勞苦地打第二份工。

但我總認為，爸爸是喜歡開車的。喜歡開著車晃晃蕩蕩，喜歡對那些辛苦孤單走在路上的歸家的人，問一句：「坐車否？」喜歡和坐上車的人聊聊家鄉。

爸爸十一年前過世時，還是按鍵手機年代。他應該沒想過，他在近三十年前做的事，現在變得如此系統化數位化。我裝了Uber App之後，偶爾無聊，便會打開看看周圍有哪些車子，就算沒有要叫車。看著電子地圖上那些如模型般的小黑車緩緩滑動，等待某時某地與他們相遇。

你有想怎麼走嗎？

頭腦裡面內建GPS的人，搭Uber是辛苦的。不，應該是說搭所有別人開的車都辛苦，因為腦中那個定位雷達會不斷偵測：方向好像不對吧？應該有一條更快的小路吧？哎呀先拐進小巷裡就不用多等一個紅燈了。有時只是內心戲，有時忍不住雞婆嘮叨了，有時則訓練自己沉住氣：乘車上路就像進入道場，駕駛也是共修夥伴。

在Uber誕生之前，我僅有非不得已的時刻才會搭小黃。在台北居住的後面八年，有七年住在石碇山上，由市區返家若搭小黃至少要個五六百塊，錢還不是問題，問題是必須穿過無數條隧道，最後兩公里還是人車與路燈皆稀少的山路，膽子似乎還沒長到那麼大。但我還真搭過一次，出國回來，從桃園機場搭巴士到忠孝復興，原路線是搭文湖線到木柵站，再轉666公車上山回家，但一下巴士突然覺得好累好累，反正還是大白天，陽光明媚，天空晴朗，牙一咬，攔了小黃。

駕駛是一位善良大叔，車子平順地開上了北二高，藍天綠樹搭上歸心似箭，讓我覺得好像也聽不到滴滴嘟嘟的跳錶聲了。至下交流道，司機很抱歉地轉頭跟我說：「小姊，那個，剛剛過了深坑錶就跳不動了，一直停在三百五，你看意思意思添我一點就好了。」我給了五百塊錢，但應該要更貴的。日後，我總告訴朋友，我家有多遠呢？就是一個小黃跳錶會跳到壞掉的地方。

因此，我總認為，就連天涯海角小黃都不會迷路，那麼市區那短短兩三公里，有些司機是在鬼打牆什麼呢？有次急著從忠孝東路大安路口到台視，攔了車，小黃來到市民大道卻左轉朝西去了，我氣急敗壞，要他下個迴轉道趕緊回頭。我急了，口氣想必不是太好，司機悶悶地照我指示做，連句抱歉都沒說，車上空氣凝結。你靠邊停，我下車用走的！你不知道路要說啊！我靠深呼吸把這些冒出來的負面字句壓回去。終於，最後一個紅綠燈，我看著數字倒數，三十九秒。「你有想走的路，要上車就講。」駕駛座那位冷冷放出一箭。我傻眼。你可以說：對不起我把台視聽成台鐵，或是對不起這一區我比較不熟，但是你方向搞錯還說成是我愛帶路這我不能接受。但我忍。我沉默。反正我們的緣分就要盡了。

三十秒。他不知從哪裡變出一顆橘子，剝了起來。二十秒，他吃了兩瓣橘子，我們越來越像夫妻冷戰。五秒，他乖乖把橘子放在副駕駛座，終於把我送到目的地。

那麼，來到清新親切的 Uber 年代，不熟悉路徑的司機會怎麼做呢？第一，聽乘客的。但萬一乘客一副「我就是不認識路才叫車啊」模樣，就第二，聽導航的。然而導航也有秀逗時，這就只能聽老天爺的了。我自己沒遇過，但聽朋友說，曾被Uber司機載到完全相反的地方，也聽過繞了一大圈遠路，司機很抱歉，下車時遞上五十塊硬幣，說當作補貼。也有朋友建議我，去自己不認識路的地方，還是別坐Uber。

但我覺得，就算是陌生的街區，我一個人腦GPS，加上智慧型手機導航，總有辦法走對路吧。一次，上了車，我拿著手機報路：A路線比較短，但是那邊顯示有一段很塞，所以還是走B路線好了。

司機問：「你很趕嗎？」我愣了一下，也不是很趕啦，只是，只是……「我只是不喜歡塞在那邊的感覺啦。」我故作輕鬆回答。司機轉頭一笑，調侃地：「女強人哦～」我急撇清：「才不是哩！」

我只是不喜歡明明可以很快完成卻慢慢來的感覺，不喜歡明明可以用更聰明的方法卻用笨拙方式去做的感覺，不喜歡明明可以節省力氣卻要白費力氣的感覺。

乘車上路就像進入道場。你有想怎麼走嗎？

靈魂脫窗

「去雷射啦！」周邊用眼過度、因眼疾或近視而苦的朋友聊到眼睛保健大事時，我總粗魯地，不帶一點浪漫地給出建議。

「有近視嗎？」「我雷射了。」就像「結婚了嗎？」「我現在單身。」一樣，一語帶過慘烈歷程。十多年前，我還是台文所的研究生，近視一千度，散光兩百度，這不打緊，要命的是常被隱形眼鏡刮傷角膜、感染發炎、或是時不時就來個針眼。眼皮腫成紅色小麵龜，內餡是白豆沙般的白膿，非常不浪漫。眼科掛號、擠膿、點藥水，SOP越來越熟練。

猶記得一次去曼谷旅遊，眼睛突然灼熱刺痛，我知道針眼又來了，但人都來了，不能不玩。膿還沒成型用冰敷冷卻，壓不住了就改熱敷，那次判斷還是前者，路邊超商買了瓶豆奶，擦淨瓶身，邊走邊把那冰玻璃瓶壓在眼皮，退冰了就喝掉再買一瓶，就這麼走過豔陽下的商場和市集。

當時我第一篇在文學獎初試啼聲的短篇小說〈失明〉就寫這事：我怕我會瞎掉。在文壇留下名字之前，在閱遍世界名著之前，視力就離我而去，我怕，像怕情人出軌房子淹水那般地怕。用隱喻的方式來說，也許眼疾教給了我何謂「恐懼」，而那正是文學或藝術表現的重要部分，不是嗎？

我拿著第一份文學獎的獎金，去做了雷射手術，又寫下續篇〈雷射〉，寫一段沒有開始沒有結束的青澀戀情。小說中的男主角陪女主角去做了雷射手術，男的說：「因為這樣，以後你只要想起你的眼睛，就不會忘記我了。」但我真正沒有忘記的，是手術隔天一張開眼，世界清晰得有如我重新誕生一次。好到不像真的。

神奇的雷射手術，讓我十多年來視力始終在1.2，看稿看螢幕看劇本看畫質很差的片花，都不受影響，好像雷射之後就獲得一副鋼鐵眼睛，老花也還沒來。但騷包的天性又發作了（看到石田百合子ＩＧ她戴膠框老花眼鏡好隨興好迷人又加強一次），我好想戴眼鏡。在標榜二十分鐘取件的日系眼鏡行配了抗藍光眼鏡，造型護眼兩相宜。

但恐懼離我而去了嗎？我仍常在路上做視力檢驗，選一面最遠字最小的招牌讀出電話號碼，確保視力良好。Too good to be true，好到不像真的，這句話只有苦過痛過的人才明白，多麼害怕眼前清晰美好一瞬消逝。

邊境之味

童年常被父母帶去爬彰化的郊山，走完整趟可以獲得山腳下榮民之家旁的水餃大餐。那是一家外省老伯伯開的山東麵店，對在彰化傳統閩南農家成長的父母來說，那就是天涯海角的味道。我連山東在哪都不知道，卻深深記住了，那冒著白煙布滿胡椒的芡湯、一大盤白胖餃子，就是假日出遊的味道。

比起以甜鹹為主要味道的台式料理，我好像始終更愛酸辣。比起八角五香，肉桂豆蔻南薑香茅等辛香，更吸引我。大學讀師大，夜市那一整排簡直天堂：馬來西亞咖哩雞、肉骨茶、罌粟花粑粑絲、伊洛瓦底打拋豬小吃，我像滇緬僑生懷念他們的家鄉味般地吃，在台北根本沒吃過彰化肉圓和爌肉飯。

僑生來台學中文讀大學，畢業後留了下來，學弟學妹們愛吃，便自己做了家鄉料理，做得好，便開了店。師大便是這樣的一個聚落。

隨著東南亞外籍配偶與外勞外傭的增加，這樣的聚落遍及台灣各縣市鄉鎮。住在石碇時，經常去吃一家越南河粉。老闆娘以有限的台灣食材，煮出了道地的越南味，她仔細地端上鋪了粉腸和肝連肉的豬肉河粉後，再送上一支不鏽鋼湯匙，上面有一只檸檬、一點碎紅辣椒。生完三個小孩仍身材姣好的她，經常傳授我越南媽媽不傳的瘦身秘訣。

我不斷遷徙，這些邊境之味似乎也總在身邊。租居天龍國中心的仁愛圓環老公寓時，對面巷弄裡竟就連著三間東南亞食材店！這兒明明是顯貴官商的聚落哩。這時我已很愛在家弄一點椰汁酸辣湯、瑪薩拉蔬菜咖哩了，採買各種乾貨食材與膏料沾醬正好方便。我發現或許是附近的老齡人口多，外傭也多，這些東南亞食材以至日常用品，在此區域的確有需求。

住在台北的最後一個夏天，與今年一樣，暴雨不斷。有次我被大雨困在騎樓，半天都不見雨勢趨緩，看著許許多多撐傘仍不敵全身濕、不斷尖叫的東區型男型女奔跑而過。一個撐著脆弱透明環保傘，提著一盒雞蛋和一袋乾檸檬葉的東南亞外傭女孩決定停下躲雨，與我分站騎樓兩邊，她自得其樂地拿出手機滑，臉上堆滿甜甜笑容。我心想，也是，因為被雨困住而換來一點自由時光，都會叢林的恬靜午後啊。不料接著轉為驚悚片，我們面前的水溝蓋，如被劇組放道具似的，爬出一群一群的蟑螂！比在鄉下灌蟋蟀還效果驚人，蟑螂群們爬上了騎樓，我嚇到躲到牆角，東南亞女孩則勇敢拿雨傘把牠們一隻一隻撥回去。

我們沒有交談，但隱約，我感覺到我們共同的部分。我們都是出門在外的、生活在都市夾縫中的人。大雨中，天龍國水溝蓋不斷冒出來的蟑螂，與隱約飄散的檸檬葉味，成為我最後的台北記憶。

回到中部生活，住家所在街道被雜誌稱為「異國料理街」，印度餐廳密度極高。而車站前的第一廣場，更直接改為「東協廣場」，我偶爾去裡面的雜貨店，買支冰涼的玻璃瓶裝泰國豆奶，邊走邊喝邊逛，耳邊是東南亞情歌，眼前是繽紛的熱帶配色擺設，看不懂的泰文印尼文，用不上的易付卡，某些小吃店的一角，根本就像我遊歷過的清邁或峇里島小巷。越式法國麵包、泰式青木瓜絲、印尼沙嗲烤肉，都已是熟悉味道，不必嘗鮮。我最常買包散裝的泰國茉莉花香米，晃晃悠悠回家。

儘管出門在外，也慢慢落地生根，異域情調成為日常景觀。

老派豆腐

我是個硬漢，卻愛吃豆腐，這是件浪漫的事。

最早吃豆腐的記憶，是小時候的肉圓攤。彰化肉圓只是籠統的說法，事實上，彰化肉圓又分彰化肉圓（很大顆、圓扁狀、包很多東西）、員林肉圓（個頭小、皮薄），以及北斗肉圓（皮厚實有嚼勁、只包筍角和豬肉），我們家吃的是北斗肉圓。媽祖廟奠安宮的一樓，有著各種台灣小吃攤位，以現在的詞彙叫做「美食街」，但我們仍照大人們的叫法，稱之為「宮口」，有種江湖堂口的感覺。

宮口光是肉圓就有三攤以上，名稱都是肉圓兩字再加上一個醒目的單字，肉圓生、肉圓瑞、肉圓火、肉圓儀、肉圓詹，每攤都是代代相傳。另外還有高麗菜飯、筒仔米糕、各種放在小盅裡的排骨湯，有蚵仔煎、鵝肉攤、肉燥意麵，還有外面很少見到的現打花生沙牛乳。在這麼多台式老派小吃裡，肉圓攤的豆腐湯獨樹一格，就是只有豆腐，湯。兩塊煮得毛孔全開的板豆腐，泡在清清如水的大骨湯裡，依個人喜好撒點芹菜粒和白胡椒，一碗十塊錢。

不是都市的外省小館裡吃的那種現煮小白菜嫩豆腐湯，也不是平價快餐定食常見的那種加了柴魚和海帶芽的台式味噌湯，就是只有豆腐。這種充滿自信的做法，我長大後只有在京都的湯豆腐見到。

很難形容那種只花十塊錢就可以吃到湯豆腐的感覺。

我們家最常吃的是肉圓瑞。坐在媽祖廟前，周圍是騎著摩托車頂著小髻頭的小鎮媽媽、捲起褲管的尋常庶民、以及跟著大人們來、開始老派美食教養的小孩們，面前是直徑一公尺的油鍋，裡面浮著一顆顆肥滿滾燙的肉圓。以鐵湯匙切開板豆腐，看著它剖面的每個毛孔都注滿湯汁，但豆腐本體依然扎實，用現在的詞彙叫做「爆漿」。

有趣的是，通常好吃的東西會想多來個幾份，但豆腐湯不是，一碗、兩塊豆腐，就足夠。吃完一塊豆腐時，會覺得世界上最美好的事，就是碗裡還有一塊豆腐。

偶爾，母親沒有功夫熬湯時，會說：去肉圓瑞包個二十塊豆腐湯吧。連對母親這種極擅烹飪的主婦來說，不是開火煮滾水下豆腐就可以叫做豆腐湯，那鍋擺在肉圓油鍋旁邊、從早熬到晚的豆腐湯才夠格叫豆腐湯。

北斗肉圓攤還有一特色，包裝方式。用塑膠袋裝好肉圓（大部分人一次十顆起跳）與豆腐湯，會再以舊報紙像包禮物一樣包上兩層，功能大概是保溫吧。但因應外食人口越來越多，近年改以一人一份的紙碗裝盛。

外帶豆腐湯的時候，母親會特別叮嚀：叫他用塑膠袋裝哦。不是為了省那個免洗紙碗，而是用塑膠袋的話，老闆難免會多灌進兩大瓢湯，裝滿為止。買回家，倒出來，也就是一鍋了。

有陣子吃方便素，但家裡餐桌慣常有魚有肉，母親會在傍晚料理好一桌飯菜後，再出門到宮口幫我買一碗豆腐湯，這是件浪漫的事。

喜歡吃豆腐，有時為了方便，也就買超市盒裝板豆腐，自己做加了很多料、快速煮成的番茄青菜豆腐蛋花湯，或用嫩豆腐做皮蛋豆腐、涼拌豆腐，近年去過四川以後，也喜歡上川味老派吃法：香油、辣油、辣子、醋、蔥花、白芝麻調好醬汁之後，把白豆腐浸進去，看起來紅通通，吃起來卻很清爽。

豆腐既能吸附湯汁，又能解辣解膩。

近年餐廳裡有道突然流行起來的菜，叫老皮嫩肉，把炸過的蛋豆腐燴入高湯，我則沒那麼喜愛，為什麼呢？可能因為太像嬰兒吃的了。

在老派豆腐控心目中，大概只有放在木板上由豆腐店送來的板豆腐才叫豆腐。

我就曾住在這樣的百年豆腐店旁邊。

二十七歲到三十四歲，一般人認為最該浸潤在都市裡玩耍社交學習時尚品味接受一切文明薰陶的年紀，我與兩隻貓住在山裡。台北與宜蘭交界的石碇，聽起來很荒涼，但其實只要開個二三十分鐘的車，就可以到信義區，滿足上述的需求。

石碇豆腐不是深坑臭豆腐，而是傳統的、原味豆香濃郁、再帶點焦香的板豆腐。平日冷清的山城，週末會湧進從都市來吃豆腐的遊客。百年王家豆腐店，從我住的公寓大樓，只要步行五分鐘。若起得早，便可買到清晨六、七點出爐的豆腐與豆漿，提著白豆腐，迎著照進溪谷的第一道陽光，四周綠樹燦亮，有什麼比

王氏豆腐

這還浪漫。

然而，成為居民以後，難免驕慢而怠惰。明明樓下就有都市人趨之若鶩、週末特別驅車前來排隊的百年豆腐店，卻連下樓都懶惰。這時，不得不感謝新北市環保局。為什麼？因為石碇的垃圾車一天只有一班，早上七點。丟了垃圾，人已在樓下，陽光明媚，豆腐店就在一百公尺外，不買嗎？

豆腐店旁邊有兩家食堂，賣豆腐三吃、現宰土雞和野菜。三吃的做法是：紅燒、豆腐羹和炸豆腐，家人朋友來訪時我常帶他們去。飯後甜點是旁邊小舖的豆腐冰淇淋和豆腐蛋糕，最後再各帶一瓶豆漿回家。

有幾年，《中國時報》人間副刊主辦的時報文學獎頒獎典禮，邀請作家們一人帶一道菜，必須是獨家拿手菜或名產，在徐州路市長官邸的後院進行文人午後野宴，發起此活動的劉克襄老師指定要我帶石碇豆腐，果然大受好評。一年一度的作家上菜盛會，如今回想起來，也是老派文人的浪漫了。

那麼，在石碇旁邊、名氣更大的深坑臭豆腐如何呢？

老實說，我一個人的時候，極少去光顧。石碇人去深坑只會去全聯而已。這兩年，身邊有人了，而那人不太愛傳統豆腐，卻很愛臭豆腐。兩個人約了吃早午餐，不是去城市裡的網美咖啡吃擺盤美美的沙拉炒蛋壓烤三明治，而是深坑老街的臭豆腐食堂。

蒸的、炸的，加上一大碗滷桂竹筍、珠蔥炒蛋、炒檳榔花或川七水蓮山蘇，一桌滿滿，拍照打卡仍很賞心悅目，笑稱這是中年人的早午餐，是老派約會了。

豆腐，是這麼容易、也不容易，簡單、也不簡單的食物。我不會因為愛豆腐而跑去學做豆腐，但我會把吃豆腐一事當作儀式與默契，繼續長年操持，成為老派印記。

香料好秋

五年前的秋天到尼泊爾山區健行，從加德滿都啟程入山那天，清早天未亮，背起大背包到客運站。那是個有點像進香團集合的地方，大巴車連著大巴車，遊人、登山客與當地人喧喧鬧鬧，早餐攤子排成一列，白煙升騰。每個攤子上都有一個爐子一只單柄鍋，鍋裡沸著牛奶與茶葉，那茶葉混裹著綜合香料：肉桂、豆蔻、茴香、丁香、薑，Masala Chai。我和同伴一人捧著一杯，上了大巴。它不只是禦寒暖胃用的，更是一帖安神安心良方，每喝一口之前深深嗅聞，氣味由鼻尖蒸散時，也帶走了一些什麼，單靠吐氣排不走的東西。

回來之後，迎上了台北最濕冷的秋冬，我靠著香料度過。此後，廚房有一個香料專屬抽屜，原本那些小罐迷迭香奧勒岡立馬輸掉。肉桂棒、整顆豆蔻、芫荽籽、芥末籽，從泰國回來再添入南薑、香茅、檸檬草，從義大利再帶回蒜片辣椒橄欖混合香料，它們都來自充滿在地生命力的市集，每天頭頂飛過殺價的各地方言，通過僻靜的行李箱與機艙，來到這個獨居女子的廚房抽屜裡的密封罐。若它們會說話，也許會嚷著：撒畢西哪。（欸？怎麼說日語？不管。）

當然，它們不是來展示用的。鼻子過敏、身體受寒的時候，先來個印度咖哩配薑黃飯，把香料渣渣一起吃進去，印度咖哩不像日式咖哩那樣，用根莖類蔬菜煮成一大鍋濃稠糊狀，我尤其喜歡乾式做法，洋蔥與香料炒成焦糖狀，再加入新鮮蔬菜，茄子、花椰、秋葵、蒸熟的鷹嘴豆都很好。

秋老虎讓人昏昏欲睡時，需要視覺與味覺的刺激，來個煙花女義大利麵吧，越嗆越辣越好，別忘了在地食材，台灣的黑柿蕃茄比牛番茄夠味。一定要吃得這麼「異國」嗎？不一定。花椒加上腐乳與辣豆瓣，做成麻婆豆腐，保證讓鼻子通暢，試試讓絞肉退位，換成茄子丁，最後大把蔥花是必要的。

香料的麻吉是溫度。高溫油讓它滋滋冒泡起舞，整個人也會被拉提上來。我曾經兩度驚動煙霧警報器，管理員上來按鈴關切，讓我有種在家做壞事的歡快的罪惡感。

秋天是個轉化的季節。尤其在台灣，將由爆熱轉到爆冷。我不太懂中醫養生的陰陽調和之道，我只是純粹覺得，有點香料為伴，會比較好過。

本色浮浪：記朋奉

香港的「哥哥」是張國榮，而台灣影視人叫著的「哥哥」，是吳朋奉。

是看到朋奉瀟灑離去的新聞，我才知道他確切的年齡，五十五歲。從沒搞清楚他到底比我大幾歲，反正一直叫他「哥哥」。但我卻一直記得他的生日，十一月二日，與我父親生日同一天。多麼巧，由我父親葬禮真實故事改編的電影《父後七日》，就由朋奉主演。朋奉為人豪爽，交友廣闊，許多也叫他哥哥的幕前幕後影視工作者，一定都比我跟他親近熟識得多，想為朋奉記

下幾筆，是因為許多觀眾都是從《父後七日》開始認識這位不凡的演員。

約莫十年前的現在，《父後七日》正南征北討，跑宣傳，跑影展。二〇一〇年七月在台北電影節的首映場上，朋奉穿著亮眼的道士服現身，彷彿為這部電影開啟了在台灣叫好叫座的序幕。全台各地的映後座談、大小媒體採訪，編劇、導演和演員以及發行團隊海鵬影業的成員們，就像電影中的一家人一樣，若能再好好回頭記錄那一段日子，想必也會是逗趣鮮活的公路電影。

儘管鎂光燈閃亮，朋奉毫無架子，這頭剛走完紅毯做完採訪，活動結束，他那頭已經和熱情影迷約好去吃肉圓，他也是白色農用袋一拎、夾腳拖一踩、安全帽一戴，就坐上了影迷小弟的摩托車後座。鄉村也好，沿海也好，有妹更好，沒妹也罷，五湖四海的朋奉總有本事讓旅程好玩，同時一路不斷結識好玩的人。

認識朋奉，是在《父後七日》拍攝之前，去王育麟導演的台灣左翼紀錄片《如果我必須死一千次》幫忙做些文案和剪接。朋奉演出一角，並在片尾以台語朗讀了聶魯達的〈讓那伐木工人醒來吧〉，當時只記得他在錄音室總叫我「妹妹」，後面接一句是：「擱去幫哥哥買幾罐阿必魯」（再去幫哥哥買幾罐啤酒）。有次工作完他帶著我們去北投山上某個藝術家的家，一屋子漂流木與染布，峇里島民族樂器隨興玩，臥榻抱枕隨意躺，喝醉了就隨便睡，醒來各自走人，也沒再聯絡，平常沒事也不打電話。即使都住在台北，即使拍完一部電影，和朋奉每次相聚都像流浪者萍水相逢，沒真正熟起來。

多麼有幸，因為《父後七日》上映，我們先是一同去了福岡影展，金馬獎過後，又去了印度果阿電影節，因為有這兩趟朝夕相處的影展之旅，我才又跟朋奉哥哥更親近一些。

二〇一〇年九月在福岡，天時地利人和，初秋天氣舒爽，影展人員無微不至，下榻旅館、放映戲院、影展行政中心，都位在繁華不夜城：天神。

我不是舞台上的人，朋奉是。因此那些開幕式、星光大道、歡迎酒會，朋奉始終走在我後面，提醒我：走慢點，看左邊，看右邊，揮揮手。他是能當巨星的人，落落大方，在他旁邊就覺得心安。第二天我們在物產展上一人買了一雙木屐，後來幾天兩人就穿著木屐跑行程、遊大街，在他旁邊儘管樸素隨性，自然就變得有型。

每天晚上收了工，工作人員便帶著我們，開始屋台與居酒屋探險，第二攤、第三攤地喝。朋奉喝醉有時很可愛，有時很盧，但在福岡的日子，我卻感覺他照顧我更多，儘管喝到醉茫茫，都還是朋奉在注意叮嚀著東西拿齊了沒、過馬路要看車。

頒獎典禮將近，台灣其他劇組人員和電影人也在福岡團聚了，記得有次大會在居酒屋包場聚餐，朋奉現場即興演出台灣黑道大哥，一連串鏗鏘有力的髒話，讓各國影人拍手叫好。是的，就是那台語說的「氣口」，氣勢口條，奠定了朋奉無人取代的重要性。

事實上，台灣影視中的台語角色，早年多半伴隨著邊緣負面形象：說台語的，必是底層，是勞工、是窮人、是罪犯，必是穿汗衫、穿藍白拖或夾腳拖，必吃檳榔、抽菸喝酒，必會說髒話。在塑造《父後七日》的道士阿義時，我即想翻轉這種刻板印象，因此，道士是詩人，愛聽民族與古典音樂，而讓這角色活脫像個真人的，就是朋奉。

不管是黑道、警察、勞工、計程車司機，或是道士，朋奉一定都下足了功夫，做足了功課，但同時又把那角色浸潤至自己的本色之中。豪氣的、壓抑的、逞兇鬥狠的、浪漫的、溫暖的、優雅的，這都是朋奉。

「我幹天幹地幹命運幹社會，你又不是阮老爸，你給我管那多。」

《父後七日》裡，道士阿義念的詩，成為電影中最經典的台詞。當被問到怎麼可以在劇本裡寫出這首詩時，我一律誠實以告：「這是我寫不出來的，因為這是朋奉寫的。」當告訴朋奉，要把阿義設定成詩人時，朋奉從他同時裝著香菸和檳榔的農用袋裡，掏出了一本筆記本，說：「我也有在寫詩。」他翻了幾首給我看，每一首都比我編的要好上幾百倍，我說想用，他大大方方地隨便我用，甚至還在排戲過程中，不斷淬煉修改，直到最好。

也是在福岡。日文字幕翻譯很客氣地向我們致歉，因為日文裡沒有那麼多幹來幹去，她翻這句時非常苦惱，斟酌許久，翻成了：「世界上所有的東西都是八嘎野鹿！」八嘎野鹿對台灣人來說萬分親切，朋奉對這句翻譯讚不絕口。對主流價值不屑一顧，跑街頭玩劇場，寫出幹天幹地幹命運幹社會的朋奉，內心話必然也是如此：世界上所有的東西都是八嘎野鹿！

朋奉對這世界有許多憤怒不滿，那是因為他太愛這世界，一花一草都愛。去印度果阿影展時，主辦方幫劇組安排了三房兩廳的度假民宿，我們變成室友了。跑完影展活動回來，我和其他夥伴東西一丟，在沙發上耍廢，只有朋奉一邊哼歌一邊細細打理收到的花束，他把花束解開，找了幾個合適的瓶子（反正我們不缺酒瓶），幫客廳浴室和每個人的房間都擺上花。詩人此時又變成了花藝師。菸酒不離、操著生猛台語的朋奉，會寫詩插花、行李井然有序、每件衣服都平整得像剛熨過。

印度之旅是另一重驚奇。台灣飛香港，香港飛孟買，在孟買機場過一夜後，再到果阿。降落孟買時天還是亮的，飛機壓低飛過連綿的貧民窟，我們清晰地看到那些挨挨擠擠的小屋，看到洗衣房的婦女和小孩，一大片幾無盡頭，一直到停機坪的邊緣。朋奉和我看得說不出話，下機時他壓著胃，我知道那是震懾之後的慈悲。

孟買機場的國際機場與國內機場並不相連，我們呆呆地走出去後，才看到身後的玻璃門上貼著一張告示：「一旦出去不准再進來。」單薄的一張白紙，卻十足權威，那幾個擋門的警衛無論我們怎麼哀求都不讓進。如果留在航廈內，會有巴士接駁，但我們走出來了，只好自己想辦法。那些暴衝的嘟嘟車看起來沒有煞車，眼看著一輛嘟嘟車沿著斜坡往下衝後，我們選了計程車。上車前、上車後到下車時，價錢翻了三次，我和電影公司工作人員用簡單英語氣急敗壞和司機爭辯，朋奉揮揮手，說：「算了，乎伊啦。」（算了，給他吧）朋奉雖常脫稿演出，但面對混亂脫序的國度，他是清明自持的旅人，隨遇而安，悲心無限。

共度一段奇幻旅程之後，就跟所有的劇組一樣，聚散有時。朋奉後來和《父後七日》另一位導演王育麟，又合作拍出《龍飛鳳舞》、《阿莉芙》，但我回到寫字人的位置，調節出寫劇本來養寫小說的安靜生活，我擔任編劇統籌的電視劇《徵婚啟事》、《生死接線員》，也都看得到朋奉精湛的演出，但現實生活中與朋奉僅久久一次在殺青酒、電影節或首映會上偶遇。但只要遇見了，就是熱情的擁抱與問候，從未感到生疏。我一直以為這樣的交情，可以一直到老。

在福岡與朋奉一起受訪時，主持人問：最想寫的劇本是什麼？我說是像山田洋次的《男人真命苦》，而朋奉就是台灣的寅次郎。坐在旁邊的他一口答應，說如果寫了一定要他來演。一次次的失戀也沒被打敗，一次次的浪遊也沒定下來，那樣美麗的浮浪人生，就是朋奉。這個計畫一直放在心上，我一直以為等到我們各自再更老一點，就可以讓這個浪漫的計畫成真。

我猜瀟灑豁達的朋奉倒下時，是沒有遺憾的。因此我也不說遺憾——與朋奉哥哥一起以《父後七日》得到金馬獎，已是這輩子最美麗最浪漫的事。

位置：記維菁

或許是因為我們一開始的位置是這樣的：你是版面主管，而我是從閱讀週報過來支援的小記者，所以偶爾代班發稿的那個傍晚，我會坐在你旁邊，看你改稿。你高冷專注嚴明，主管嘛，很正常，但一或兩次你突然轉身直率地摸摸我的白針織衫或棉麻裙子，誇說好看問哪裡買。咦？她誇獎我耶。二十多歲的我必然閃過這一點開心與虛榮。但我們並沒有變成手挽手逛街買衣的姊妹淘。

也或許是孤鳥照見孤鳥的心有戚戚、惺惺相惜、默契與理解，等到我們都變成了職業作家，偶有研討分享座談或文人相聚場合，我們事先並不會知道對方也出席，但到了現場見到彼此，總有種抓到另一座孤島的歡欣，眼神已達成共識：我們坐一起吧。新加坡書展幾場飯局、上海小說工作坊幾天研討、活動中旅館會場餐廳接駁車上，我們並肩而坐，但除了互相陪伴之外，很少交談。我們與彼此、與身邊所有人、與圈子，時時捉摸調整著那個舒服適切的理想距離。穿得美美，點頭微笑，保持優雅，對我來說這是節電模式，因為主要的電力要留給創作。我想你也是，在社交場合我們就像安靜的兩尊省電裝置，彼此不打擾，但溫暖相待。

唯獨兩次，我們面對面暢快談話。一次是，你在私訊甜甜地喚我「瑜伽小天使」，約我喝咖啡聊瑜伽。那時你剛學瑜伽，有些奇妙體驗，怕自己是不是神經過敏，想找信任的人聊聊。我學了約六年，剛完成師資訓練，常在臉書波些發出光明的瑜伽短文。那回，你問我：為什麼最後的大休息時常常想哭？有時忍著，回家路上就痛哭了。我以學到的與自己的經驗回答你：因為突然的放鬆，讓緊繃的情緒有了出口，所以就流淚了。大休息就是放下一切，不再緊抓。Let go everything, no more efforts. 我還記得我烙了英文。那是一次很愉快的談話，但走出咖啡館以後，便是各自在墊子上的練習了。

另一次是，去年八月，《印刻文學誌》的對談。我們在一家二樓獨立書店，終於，我們從媒體工作，談到孤鳥與圈子，談到瑜伽，談到寫作，像是把十幾年來的話一次說完，更幸運的是，還有專人逐字記錄下來！那天我們都穿了洋裝，你正紅色，我寶藍色，你還笑說：下次我們來聊聊洋裝吧！

然而，這是我們最後一次見面，最後一次談話。到幾天前你離開了我才知道，那時你已生病。我不知道有用沒用，但有個晚上還是誦了佛經，迴向給你。當晚，我夢見你，長髮黝黑豐潤，一襲黑洋裝。我說：你好美！你甜甜地說：要跟你見面，當然要美美的。

有天，我也會走到你現在的位置，完完全全的大休息。但願我也能美美的，走到那裡，如你一般。

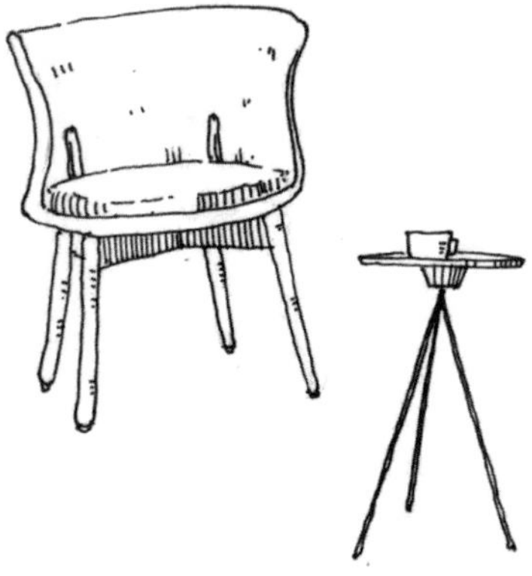

威士忌套餐

二〇二一年十二月二十一日。倒數五日，不進食，僅喝少少水。步履蹣跚但從容，開始場勘，在家裡四處尋覓棲歇處。

倒數三日，水亦只沾一滴，以往聞之瘋狂的鮪魚罐罐僅嗅一口，平靜無欲。覓得櫃子底下的空間，做為洞穴。

倒數二日，清早，從他的洞穴口探頭對我喵喵叫。

橘貓兩大共同特點：胖，多話。前者只消三日便僅剩骨頭。（五歲阿福語：「威士忌瘦得只剩下毛了！」）慶幸的是仍愛說話，即使最後孱弱無力，仍有應有答，撒嬌奶叫。

誦阿彌陀經，迴向給他。

迴向文讀到：「若臨命終，自知時至，身無病苦，心不貪戀，意不顛倒，如入禪定。」就是他現在的狀態啊。要繼續誦經誦佛號，讓他感覺有佛為伴，「佛及聖眾，手執金臺，來迎接我，於一念頃，生極樂國。」

白天需北上，怕我不在他就走了。找好網上評價不錯，彰化地區二十四小時到府接的寵物天堂，傳給媽媽。

夜晚，極冷，威士忌已走不動，把他抱上床。一只鋪了棉被的紙箱，他的最愛。

倒數一日，清早一探，不在床上。喵聲來自貓砂屋，側躺於貓砂中，微弱叫著。想是半夜如廁後無力走出。將他抱出，輕拍掉身上砂子，放回床上。一整天持續撫摸他，跟他說話，以手機播放阿彌陀經及佛號。

倒數三小時，下午三點，南面落地窗灑進陽光，把他移到窗前。他翻身，想站起，無力，又倒下，靠自己力氣扶箱緣離開床，下到地板。媽媽說是動物臨終本能，阿祖斷氣前也下床踩了一下地才走。遂捨紙箱，在地上鋪了浴巾和寵物尿布墊，讓他躺上面。不斷跟他說話。威威，你是最棒最帥的小貓，乖乖跟阿彌陀佛去，我們很快就會再見面哦。他喵，說好。

倒數二十分鐘，傍晚五點四十，原本抬頭都困難，但突然連做幾個抬頭、張嘴、將舌頭伸出轉一轉順好，再咬合牙齒的動作。我想起他六個月大結紮麻醉時醫師曾幫他舌頭做一樣動作，怕舌頭堵住氣管。我要媽媽先帶小福下樓。

倒數一分鐘，腹部的起伏微弱到幾乎看不到。突倒抽一口大氣，身體抽搐，一分鐘內重複了幾次，嘴巴流出幾滴褐色濃稠液體。最後，不再動了。五、四、三、二，他很安詳，我很平靜。

以浴巾像包嬰兒把他放進備好的乾淨紙箱，下樓打電話給寵物接體員。

隔日才知，威士忌在聖誕節後一日買單 check out 時刮到了一張最大獎：與史景遷、尚馬克瓦利同行。他們是馬迷景仰到不行的歷史之神與電影之神，你不孤單了。

以 YouTube 播放佛經時總冷不防被蓋台插進一個尖聲 foodpanda 或 UberEat，若我是現在才寫劇本，必會把這荒謬出戲寫進去吧。但我現在只想說，若臨命終，我想來一個上面的威士忌套餐。

跋

汝等當前進

兩個人到底為了什麼在一起？我們是靈魂伴侶嗎？

從臉書情感狀態改成穩定交往，大方放閃曬恩愛，到與雙方家人和樂相處，兩人偶有一日兩日小旅遊，能分享日常以至思想。我一開始胸有成竹，確信萬分，但漸漸，又變得沒那麼有自信，越來越覺得「在關係中彼此變成更好的人」這句話像廉價的雞湯口號。

有天，瑜伽老師在課堂上說了這個佛經裡的故事：

一位父親從外面工作回來時，發現家中失火，原本就老朽的房子，現在更是面目全非，但幾個孩子還在屋子裡，忘情埋首於遊戲玩具之中，無視火勢猛烈，沒想到要逃命，也聽不見父親叫喊。父親急了，為了救出小孩，他在外面喊著：「孩子們！我帶回來更好玩的玩具哦！」孩子們果然一聞欣喜，跑了出來，因此逃過火災。

後人就詮釋為：為了他人的好，可以撒點小謊，稱此為「方便」。但事實上，佛陀講述這個故事的用意，是拿來譬喻修行。燃燒的房子，正如我們活躍不滅止的慾望，身處火災中的小孩，是我們的靈魂，而那位善巧誘導拯救小孩的父親，正是佛陀。

下課後，如獲至寶地與身邊那人分享。

「哦，《妙法蓮華經》，〈譬喻品〉火宅喻。」他淡淡地說。像人形Google，或什麼索引系統。

蛤！書呆子我來不及崇拜或讚美他，先是打開手機在搜尋頁面鍵入那幾字，找出原文，囫圇吞棗速速看過。

回到原典。雖從學術界叛逃，研究所教授四字教誨，受用至今。

「你應該請一本來好好讀。」他說。

在這之前，雖然任職琉璃藝品公司時，為寫文案背過一些佛經中的「名言錦句」；從少女時期便十分喜愛赫曼．赫塞的《流浪者之歌》；曾帶著蔣勳老師的《捨得，捨不得：帶著金剛經旅行》參訪清邁寺廟，嚮往那每日勤行精進的旅行方式——但佛經對我就像六法全書一樣，「請」一本來讀?!

我仍膚淺重外表，對書亦然。我開始在版本眾多的佛經善書中，尋找字體大小行距適中（重要的是，得有注音，梵文大量音譯造字連邊都讀不出來），開本裝幀宜人雅緻的《妙法蓮華經》。最後，在大陸淘寶網的經海中找到了，薰衣草紫燙金緞布精裝，印行者竟是台北新店的某精舍。總之，經過跨海下單航空集運，我為自己買的第一本「佛經」到手了。

佛經得「讀」，讀出聲音來那種，一字一字，求清晰正確，不求快。不是抱著小說一個週末廢寢忘食默默孤僻讀完那種讀法。我與他約定，以一日一品的速度，先讀三回。無論忙累疲病，不中斷；無論該品長短（每品十多頁到三、四十頁不等），不懈倦。

第三天，就來到了第三品〈譬喻品〉。

「貧窮困苦、愛別離苦、怨憎會苦、如是等種種諸苦。眾生沒在其中，歡喜遊戲，不覺不知，不驚不怖，亦不生厭，不求解脫。於此三界火宅、東西馳走，雖遭大苦，不以為患。舍利弗，佛見此已，便作是念，我為眾生之父，應拔其苦難，與無量無邊佛智慧樂，令其遊戲。」

讀到此段時，淚水不停湧出。「拔」其苦難，多麼使勁啊。而這一輪輪看似歡喜的情感遊戲，到頭來可是苦難？到底什麼才是更好玩的「遊戲」呢？

我開始有點來勁了。一品一品，跟隨各方天子、天王、龍王、菩薩求索讚嘆，當奇幻小說讀，也如觀看VR般進入各種瑰麗奇觀。但是，讀過一回，我發現有點不對勁了，心中的問號不停放大。那個疑問是：到底什麼是《妙法蓮華經》？

也就是說，二十八品中，每一品都在說各方天子、天王、龍王、菩薩領受《妙法蓮華經》的場景，包括天空降下各種曼陀奇花，降下甘露法雨等等光明瑞相；說這次聽經聞法的二千人六千人如何尊重讚嘆，歡喜踴躍，信受奉行；說《妙法蓮華經》是何等何等經中之王，值得奉上一切珊瑚琥珀珍寶瓔珞樓閣奴婢。

但是，《妙法蓮華經》在哪裡？

身為麻瓜的好處是可以直率不怕被笑。

我問他：這就好像有一本書叫做《挪威的森林》，但是我打開之後，看到了台大日文系在讀《挪威的森林》，看到師大文學社在讀《挪威的森林》，大家都讀得很感動很開心；看到世界各大書評家在讚頌《挪威的森林》；看到村上春樹本人現身說法分享創作始末，但是，我就是一直讀不到《挪威的森林》啊。

「的確如此，但我也不知道，你要自己參。」他笑著說。

幾天之後，我試著想像，如果佛陀出現在面前，我也像一枚要賴的麻瓜，問祂：到底哪些部分是《妙法蓮華經》？或許祂會回答：「剛剛說的全部。」

「剛剛」，也包括我發問與聽受的此刻。

《妙法蓮華經》以善巧方便譬喻言辭，引導眾生相信人人能成佛，佛陀因慈悲與智慧，巧妙引領眾生走向證悟之路。眾生的習性祂亦知曉，善辯、推托、好逸、懶惰，我全部都有。

第七品〈化城喻品〉說到，因為這條走向終極覺悟的路太勞累太漫長了，還會遭遇各種障礙挫敗，隊友們走到一半看不到盡頭又歷經險阻，意興闌珊，疲憊害怕，不想前行。導師便變出一座幻化之城，告訴隊友，你們可以在裡面安歇休息，等到不感覺疲倦了，再往前行。

「原來你也是一座化城哦！」我沾沾自喜，自以為得到答案。

當然，這只是階段性的答案。

為什麼要在一起？

我們一起去過的九州森林溫泉小鎮，一起看過的磅礴高美濕地夕陽、靜美旗津沙灘落日、三芝海邊粉橙雲霞，都是化城。是造物者的慈悲，讓我們在這條路上疲憊時，有美景佳人為伴。

兩人上路了，路迢迢，深長久遠。正如一次一次，從北部開車回中部，暗夜的中山高，我們只能倚靠車燈照亮前方一段路，再一段。

「汝等當前進，此是化城耳。」

國家圖書館出版品預行編目資料

化城 / 劉梓潔著 .-- 初版 .-- 臺北市：皇冠． 2022.07 面；公分. --(皇冠叢書；第 5032 種)(劉梓潔作品集；08)

ISBN 978-957-33-3907-6(平裝)

863.55 111008980

皇冠叢書第 5032 種
劉梓潔作品集 08

化城

作　　者—劉梓潔
發 行 人—平雲
出版發行—皇冠文化出版有限公司
台北市敦化北路 120 巷 50 號
電話◎ 02-27168888
郵撥帳號◎ 15261516 號
皇冠出版社（香港）有限公司
香港銅鑼灣道 180 號百樂商業中心
19 字樓 1903 室
電話◎ 2529-1778　傳真◎ 2527-0904
總 編 輯—許婷婷
責任編輯—黃雅群
行銷企劃—許瑄文
內頁設計—李偉涵
內頁插畫—唐偉德
著作完成日期— 2022 年 4 月
初版一刷日期— 2022 年 7 月
法律顧問—王惠光律師

讀者服務傳真專線◎ 02-27150507
電腦編號◎ 548008
ISBN ◎ 978-957-33-3907-6
Printed in Taiwan
本書定價◎新台幣 320 元 / 港幣 107 元